세상에
단 한 권뿐인
시집

박상률 소설
세상에
단 한 권뿐인
시집
특별한서재

차례

이제 됐어?

"에구구! 이게 뭐야? 영어가 겨우 90이야?"

엄마가 2학기 중간고사 성적표를 흔들며 호들갑을 떨었다. 내 이럴 줄 알았다. 엄마는 도대체 만족을 모른다. 90점이 아니라 100점을 맞아왔어도 마찬가지일 것이다.

"안 되겠다. 영어 학원 바꿔야지."

90점이 나쁜 점수인가? 그리고 내가 90점 맞은 게 어디 영어 학원 탓인가? 그런데도 엄마는 매사 이런 식이다. 영어 점수가 못마땅하면 영어 학원 바꾸자 들고, 수학 점수 마땅찮으면 수학 학원을 바꾼다. 초등학교 때부터 이런 식으로 바꾼 학원이 도대체 얼마인가? 미술 학원, 피아노 교습소, 음악 학원, 태권도 학원, 웅변 학원, 보습 학원……. 심지어는 수영장까지 바꾸었다. 아이들이 많이 가는 청소년회관의 수영장은 물이 안 좋다나, 어쨌다나. 그래서 동네 가까이 있고 회비도 싼 청소년회관 수영장을 놔두고 차로 30분이나 걸리는 스포츠센터 수영장까지 가서 수영을 했다.

이런 식으로 초등학교 때부터 바꾸어가며 배운 걸 따지면 열 손가락으로 다 셀 수도 없을 만큼 많다. 엄마는 학원도 잘 바꾸지만 내가 학원 출석을 잘하는지도 수시로 점검을 한다.

'수학 끝났니? 그럼 피아노 갔다가 수영장으로 가!'

친절하게도 엄마는 초등학교 때부터 휴대전화로 내가 움직여야 하는 동선을 챙겨주었다. 그래서 나는 엄마한테 리모컨으로 조정당하는 물건 같다는 생각을 하며 살아왔다. 내가 마치 엄마의 애완용 강아지나 로봇 인형 같기만 한 것이다. 특히나 엄마가 문자로 지시 사항을 수시로 보내는 탓에 언제부턴가 휴대전화에 '엄마' 대신에 '또 뭔데'라는 이름으로 번호를 저장해두고 있다. 그래서 엄마 전화가 오면 휴대전화 액정에 '또 뭔데'가 뜬다. 다른 아이들은 '우리 집 왕비마마', '어마마마', '맘', 'ㅇ여사', '귀여운 마녀' 등 발랄하고 깜찍한 호칭으로 엄마 번호를 저장한다. 하지만 나는 전혀 그럴 마음이 안 든다. 이러는 나, 짜증난다.

"정은이 너, 이리 와봐."

나는 엄마가 부르는 말에 주눅이 든다. 이제 또 무슨 닦달을 하려고 저럴까? 불안한 마음으로 엄마에게 간다. 엄마의 표정이 자못 심각하다. 엄마는 무슨 일에든 일단 찌푸리고 본다.

"저번에 시험 본 날 어디 갔다고 했지?"

"언제?"

"중간고사 보고 학원 갈 시간 좀 남아 있을 때 말이야."

"아, 그때? 미술관 갔잖아."

"미술관?"

"그래. 그때 엄마한테 문자로 알렸잖아. 시험 끝나고 학원 가기 전에 미술관 들른다고."

"얘가 지금 정신이 있는 소리 하는 거야? 내가 모임 가느라 한나절 안 챙겼더니 벌써 다른 데로 새다니!"

"시험 끝난 날인데, 한 번쯤 그러면 안 돼?"

"당연히 안 되지! 그걸 말이라고 해? 대한민국 고등학생이 시험 끝났다고 미술관이나 갈 팔자야? 영어 시험 저렇게 망쳐 놓고도 미술관 갈 생각이 나던? 뻔뻔하기는!"

엄마는 뒤늦게 알게 된 일을 영어 점수와 용케도 잘 연결시켰다.

"네가 이러니 내가 너를 일일이 안 챙길 수 있겠어? 겨우 한

나절 비껴나 있는데도 이렇게 엉망을 치는데……. 자식이 하나이니 그나마 숨 쉬고 살지, 하나 더 챙겨야 할 팔자였으면 내가 아주 돌아버렸을 거야! 아이구!"

엄마는 자신의 간섭을 꼭 '챙긴다'고 말한다. 어이가 없다. 그리고 자식이 몇이든 엄마가 왜 돌아? 하나뿐인 자식 노릇, 정말 힘들다. 나야말로 돌아버릴 것 같다. 나 좀 안 '챙기면' 안 되나? 아무리 대한민국 고등학생이라지만 시험 끝나고 미술관 전시회도 못 갈 정도로 팍팍하게 살아야 하는가. 그러잖아도 아무데나 대고 소리라도 치지 않으면 숨통이 막혀 가슴이 답답했는데, 마침 내가 좋아하는 그림 〈절규〉의 화가 뭉크의 전시회가 있었다. 물론 전시회에 〈절규〉는 없었다. 워낙 유명한 작품이라 해외 전시를 안 하는지도 몰랐다. 〈절규〉 대신 〈병든 아이〉나 〈사춘기〉 같은, 뭉크의 다른 작품을 봄으로써 그나마 위안을 받을 수 있었다.

"배짱도 좋다! 그딴 건 대학 들어가서 봐도 돼. 지금은 오로지 대학 들어갈 생각만 해야지 어디 대한민국 고등학생이 제 주제도 모르고……."

나는 더 이상 참지 못하고 소리를 지르고 말았다. 엄마는 도대체 숨 쉴 여유조차 주지 않는다.

"제발 대학, 대학 좀 하지 마! 그런 전시회는 바로바로 안 보면 평생 동안 언제 또 볼지 모른단 말이야!"

"이 애가 지금 미쳤나 봐? 엄마한테 소리를 다 지르고!"

"소리 안 지르게 생겼어? 대학 들어가면 뭐가 달라지는데? 중학교 땐 외고만 들어가면 다 해결된다고 해놓고선 이제는 대학이야?"

"잠자코 있어. 넌 아직 어려서 모르니까 그런 말 하는데, 대한민국에선 대학이 인생의 전부야!"

"대학 안 나오고도 잘만 사는 사람들 많더라!"

"누가 잘만 살아? 응? 대학 안 나오고도 잘 사는 사람 있으면 데려와 봐!"

"데려올 것도 없어! 엄마도 대학 안 나왔어도 잘 살잖아. 근데 왜 사람을 달달 볶아?"

"이년 말하는 것 좀 보게. 그래 엄마 대학 안 나왔다! 그래서 이 꼬라지 되어가지고 산다."

그 말에 가슴 밑에서 불덩이가 확 치밀어 올랐다.

"이게 어때서? 이만하면 잘 사는 거잖아!"

"내가 대학만 나왔어도 느이 아빠 같은 사람 안 만났고 이 고생도 안 해! 더더구나 너 같은 것 낳지도 않았고!"

엄마가 안방 문을 쾅 닫고 들어가버린다. 엄마의 아픈 대목이기도 하고 뻔뻔한 대목이기도 하다. 엄마 친구들은 거의 대학을 나왔는데 혼자 안 다닌 건 좀 안돼 보였지만, 아빠 같은 사람 만나서 사는 건 정말 결혼 잘한 거다. 그런데 대학만 나왔어도 아빠 같은 사람 안 만나 고생 안 하고 살았을 것이라고? 이런 말 들으면 토할 것 같다.

물론 아빠는 대학을 나왔다. 그다지 알아주는 대학도 아니고, 그나마 야간학부였지만 홀로 고학을 해서 대학을 다녔다고 아빠는 자부심이 대단하다. 그러나 엄마는 늘 그런 아빠를 비웃는다. 친구 누구누구 남편은 일류 대학을 나와서 대기업 부장인데 당신은 그런 학교 나왔으니 꼴랑 중소기업 과장밖에 더 되느냐면서. 그러면서 대학을 안 갈 거면 몰라도 기왕 갈 거면 일류 대학을 가야 한다고 주장한다.

안방으로 들어간 엄마가 나올 기미를 보이지 않는다. 다른 날 같으면 내가 먼저 잘못했다고 빌며 앞으로 공부만 열심히 하겠다고 다짐하면서 용서를 구했을 것이다. 그러나 오늘은 싫다. 엄마 기분만 있는 게 아니고 내 기분도 있다. 터지기 직전이다.

이미 잊고 있던 전시회 일이 엄마 때문에 살아나 그랬는지 모르겠다. 전시회에서 본 〈병든 아이〉라는 그림의 모습이 떠올랐다. 병든 아이가 침대에 누워 있고, 그 곁엔 그의 엄마인 듯한 여자가 고개를 푹 숙이고 있다. 아이가 죽어가는 것일까? 어두운 색조의 불안, 두려움이 화면을 채운다. 뭉크 특유의 분위기를 지닌 그림이었다. 내가 아프면 엄마는 어떤 자세를 취할까? 모르긴 몰라도 엄마는 대한민국 고등학생은 아플 자격이 없다며 이 바쁜데 왜 아프기까지 하냐고 성화일 것이다. 병도 나중에 대학 들어가서 앓아야 한다고 강변하면서 말이다.

이어 〈사춘기〉라는 그림이 떠올랐다. 역시 불안한 화면이다. 잔뜩 겁먹은 눈망울에 두려운 표정으로 앞을 가리고 있는 소녀의 이미지. 사춘기는 다들 그렇게 불안하게 보내는 것일까? 딱딱하게 굳어 보이는 몸에, 〈절규〉의 인물처럼 뭔가 고단한 삶의 단면을 드러내는 듯하다. 더구나 인물의 뒤쪽에 과도하다 할 만치 크고 짙게 그려진 검은 그림자가 더욱 불안한 분위기를 자아낸다. 화면의 아랫부분도 검은 색조다. 사춘기는 불안의 터널을 지나는 과정이라서 그렇게 화면 처리를 한 것일까? 그렇다면, 나는 사춘기를 아직도 통과중이다. 그림 속 사춘기 소녀의 불안이 나의 불안으로 옮겨지는 걸 보니 틀림없이 나는 사춘기를 못 벗어났다. 그림을 떠올릴수록 자꾸만 움츠러들고, 내 가슴보다도 발육이 덜 된 듯한 소녀의 가슴은 더욱 서늘한 애틋함이 들게 한다.

나는 지금 불안하다. 대학을 가고 못 가는 것보다 엄마가 저러는 게 더 불안하다. 엄마 왈, 중학교 땐 외국어고등학교만 들어가면 다 해결된다고 했다. 거기만 들어가면 대학은 다 일류 학교로 갈 수 있다고 했다. 그래서 밤 11시 넘어 12시가 다 될 때까지 학원에서 외국어고등학교 입시준비를 했다. 그렇게 해서 가까스로 합격했다. 그러나 고등학교 가서도 또 경쟁이다. 서로 밀치고 떨어뜨려야 자신이 살아남기 때문이다. 그래서 엄마의 안달이 더욱 심해진 것이다. 그렇다고 학원 갈아치우듯 학교는 바꾸지 못했다. 마음 같아선 학교도 학원 끊듯이 끊고 싶다. 그러나 엄마는 내가 다니는 외고에 모든 것이 다 걸려 있다는 듯 학교를 끊기는커녕 일반 학교로 바꾸지도 않는다. 그 대신 내신 성적 올리라고 날이면 날마다 닦달이다.

엊저녁에 소리를 지르며 안방 문을 쾅 닫고 들어간 엄마는 아침이 되자 언제 그랬냐는 듯이 일찍 일어나 나를 깨웠다.

"5분만 더 자면 안 돼……?"

나는 잠이 깨질 않아 사정을 했다. 그러나 사정을 봐줄 엄마가 아니다. 이불을 확 젖힌다.

"해가 중천에 떴는데, 어떻게 5분을 더 자? 뻔뻔하기도 하다! 대한민국 고등학생이 무슨 잠을 이렇게 많이 자!"

나는 더 이상 누워 있지 못하고 일어났다. 마음 같아선 이대로 영원히 잠들어버렸으면 좋겠다. 시계를 보니 이제 겨우 5시 30분이다. 엄마가 닦달해댈 때마다 들이미는 '대한민국 고등학생', 정말이지 못해먹겠다.

"학교 가기 전에 영어 다 듣고 가야지!"

벌써 부엌엔 영어 방송이 울려 퍼지고 있었다. 이제 또 얼마나 영어 때문에 시달려야 할까. 모르긴 몰라도 조만간 영어 학원도 바꿀 것이다.

아침을 먹는 둥 마는 둥 하고선 가방을 짊어지고 집을 나섰다. 하늘은 맑다. 그러나 맑은 게 도리어 불안하다. 너무 맑아서 불안한 하늘!

학교에 도착하자 이른바 '0교시' 수업을 하기 위해 아이들이 벌써 다 와 있었다. 1교시부터가 정규 수업 시간인데 그보다 더 빠른 0교시 수업을 한다. 아이들이고 선생님이고 다 당연히 여긴다. 어려서 숫자 배울 때 0은 9 다음에 나왔는데, 고등학교에 와 보니 0은 1보다도 더 앞에 있다. 기묘한 일이다. 하긴 아파트 당첨 순위도 1순위보다는 0순위가 앞서지 않은가.

칠판 위에 '첫출발을 잘하자!'라는 급훈이 씌어 있다. 말이야 옳은 말이다. 그런데 내가 생각하는 첫출발과 담임선생이 생각하는 첫출발은 달라도 한참 달랐다. 입학식 날 담임선생은 급훈에 대해 설명해주었다. 고등학교 1학년 첫출발을 잘해서 무조건 일류 대학에 들어가야 배우자 직업이 달라지고, 아파트 평수가 달라지고, 자동차 배기량이 달라지고, 노는 장소도 달라진다고 했다. 그렇게 하지 않으면 한마디로 인생 '찌질'해진다며 으름장을 놓았다. 아, '쩐다'…….

아이들은 이미 초등학교 때부터 들어온 말인지라 아무런 감흥 없이, 그러나 반발심도 없이 듣고만 있었다. 오히려 제법 비장한 표정들이었다. 말을 하는 선생님이나, 듣고 있는 아이들이나 다들 감정 없는 기계 같다. 이런 분위기 자체가 아이들을 더욱 주눅 들게 했다.

오늘도 어김없이 지리멸렬한 수업이 하루 종일 이어졌다. 각 과목 선생님들도 진도를 빼면서 으레 '다 알지?'라는 말을 던졌다. 모르는 것만 알려주겠다는 뜻이었다. 아이들 모두 고개를 끄덕였다. 이미 외국어고등학교 들어오기 전 중학교 때 학원에서 다 배운 것들이라 그러는 것이다. 이른바 선행학습!

그렇다면 고등학교는 무엇 때문에 다녀야 하나? 졸업장 때문에? 사회성을 기르기 위해? 졸업장 때문이라면 검정고시를 보면 되고, 사회성은 학원에서 충분히 길러진다. 그런데 학교는 왜? 배우고 배운 걸 익히고 또 익히며 공부의 달인을 만들기 위해? 너무 지루하다.

독서 수행 평가 때문이긴 했지만 읽기 자료집에서 눈에 확 띄는 얘기를 읽은 적이 있다. 조선시대 때 다산 정약용 선생이 이르신 것이다.

다산 왈, 아이들은 대체로 여덟 살에서 열여섯 살까지 배우는 단계인데, 그 가운데에서도 배움은 열두 살부터 열네 살에 집중된다고 했다. 열두 살 되기 전엔 문리가 덜 터져 있어 무얼 배워도 자기 것으로 소화를 못 해서 그렇고, 열대여섯 살엔 사춘기가 와서 음양의 조화가 잘 안 되어 집중이 잘 안 되어서 그렇다는 것이다. 그렇다면 고작 3년인데, 그때도 병든 날과 잠든 날, 집에 우환 있는 날, 명절이 끼어서 제쳐야 하는 날, 춥거나 더워서 쉬어야 하는 날, 단풍철 같이 놀기 좋은 날을 빼면 기껏 1년에 100일밖에 공부를 못 한다고 했다. 그러니 3년 동안이라야 겨우 300일이다. 조선시대 아이들은 넉넉잡아 300일 공부하고 어른이 된다.

그런데 지금 아이들은 어떤가? 초등학교 들어가기 전부터 고등학교 때까지 오로지 공부만 해야 한다. 다른 건 생각만 해도 안 된다. 알든 모르든 일단 머릿속에 무한정 집어넣어야 하고, 사춘기가 오든 말든 감정도 없는 공부 기계 같은 인간이 되어야 한다. 무엇 때문에? 그런 건 묻는 게 아니란다. 그래서 어떤 초등학생은 물고기처럼 새처럼 자유롭고 싶어서 세상을 뜨기도 했다. 그 아이는 초등학교 4학년밖에 안 되는 자신이 40대인 아빠보다 더 바빠야 하는 이유를 물을 수 없었다. 지금 시대엔 그런 건 묻는 게 아니어서. 그뿐인가? 학교로 학원으로 뛰어다니며 시달릴 대로 시달린 어떤 중학생은 이제 겨우 15년을 살았는데 마치 50년을 산 것 같다고, 이제 자유로워지고 싶다며 세상을 떴다. 그 아이는 자신의 자유를 누구하고도 의논하지 못했다. 아무도 들으려고 하지 않았으므로.

교실 밖 파란 하늘을 내다보았다. 가슴을 답답하게 하는 교실의 공기가 너무 싫다. 초등학교 때부터 중학교 때까지 내 마음을 다 읽어주던 은영이한테 문자나 보내볼까 하는 생각이 뜬금없이 들었다. 하지만 마음뿐이었다. 휴대전화는 학교에 오자마자 거두어 교무실 담임선생님 책상에 갖다 두었다. 은영이는 지금 어떻게 보내고 있을까? 고등학교 진학한 뒤론 한 번도 보지 못했다. 서로 가는 길이 다르기도 했지만 무엇보다도 내가 시간을 낼 수 없었다. 새벽부터 한밤중까지 학교에 붙잡혀 있어야 하는 데다, 엄마의 레이더망을 벗어날 길이 없는 탓이다. 은영이는 일찌감치 진로를 정하고 정보산업고등학교로 진학을 했다. 공부도 곧잘 했지만 대학보다는 뭔가 더 확실한 공부를 하길 원한 은영이었다. 대학이야 나중에 가도 된다고 생각했다. 그런 은영이가 부러웠지만 나는 흉내조차 낼 수 없었다. 그저 엄마가 하라는 대로 해야만 내가 사는 줄 알았기 때문이다.

선생님들 말소리가 윙윙하는 벌 떼 소리로 들릴 즈음해서 하루 수업이 끝났다. 수업이 끝나도 야간 자율학습이 또 남아 있다. 하지만 그 시간은 그야말로 책상에 머리 박고 자율학습을 하는 시간이므로 문제집 하나 아무렇게나 펼쳐놓고 마음껏 상상의 나래를 펴도 되는 시간이다. 물론 다른 아이들도 그렇다. 대부분이 책상에 엎드려 자며 꿈속에서나마 펄펄 날아다니는 것이다. 이때 학원에서 심야학습을 하려면 먼저 잠을 자두어야 한다.

오늘은 학교가 끝나도 학원 갈 기분이 아니다. 내친김에 은영이나 만나고 들어가야겠다. 야간 자율학습까지 끝나자 비로소 휴대전화를 돌려받은 나는 전원을 켰다. 초기 화면이 지나가자 바로 문자 수신함 표시가 떴다. 엄마? 아니었다. 내 마음을 어떻게 알았는지 은영이한테서 문자가 와 있었다! 하루 종일 우울했던 기분이 바로 '급 맑음'으로 바뀌었다. 오늘이 자기 생일이니 한번 보자는 내용이었다. 은영이 생일이라는데 그걸 모르고 있었다.

고등학교 들어와서 처음 보는 은영이는 많이 변해 있었다. 제법 숙녀 티가 나는 몸매에 학교 교복도 잘 어울렸다. 우리 학교 교복은 칙칙한 공장 작업복 같은데 은영이 학교 교복은 철도나 항공기 승무원들이 입는 제복처럼 무척 세련되어 보였다.

"교복 멋있다, 얘!"

내가 교복이 잘 어울린다고 하자 은영이가 어색하게 웃으며 말했다.

"교복만 멋져! 학교가 후지면 옷이라도 멋져야 아이들이 입고 다닐 거 아냐? 옷이 날개라나 뭐라나. 너희 같은 외고생이야 보자기만 걸치고 다녀도 때깔 나잖아!"

기분이 나쁘지는 않았지만 그 말이 크게 위안이 되지도 않았다. 은영이는 중학교 때도 언제나 자신을 치켜세우는 법이 없었다. 자신을 한껏 낮추었다. 그런데도 그런 은영이가 왜 항상 더 윗자리에 있는 것처럼 여겨지는 걸까?

은영이와 같이 온 친구들과 콜라에 닭튀김을 맛나게 먹고 노래방에 갔다. 은영이의 새 친구들은 나를 부러워하는 눈치였다. 아마도 은영이가 나를 부른 이유도 어쩌면 자신에게 외국어고등학교에 다니는 친구도 있다는 걸 보여주기 위해서인 것 같기도 했다. 그런 거야 어떻든 나는 그들이 나처럼 숨 막히는 학교생활을 하지 않는다는 것이 더 부러웠다.

나는 요새 유행하는 노래를 아는 게 없어 아이들이 부르는 노래를 주로 듣고만 있었다. 영락없는 범생이 꼴을 하고서 말이다. 아이들은 나를 의식하지 않고 자기네들끼리 잘 놀았다. 이미 많이 놀아본 자세였다. 나는 하릴없이 휴대전화만 자꾸 들여다보았다. 그러는 순간 엄마의 문자가 몇 개 들어왔다. 나는 답을 하지 않고 '쌩 깠다.' 요즘 들어 왜 그러는지 자꾸만 엄마가 하라는 대로 하는 게 싫다. 할 수만 있다면 그 반대로 하고 싶다.

무료하지만 아이들이 생기 있게 노는 걸 보니 나도 아주 나쁘지는 않았다. 분위기가 한창 무르익어갈 무렵, 은영이가 '마야'의 〈나를 외치다〉라는 노래를 불렀다.

지쳐버린 어깨 거울 속에 비친 내가
어쩌면 이렇게 초라해 보일까

끝은 있는 걸까 시작뿐인 내 인생에
걱정이 앞서는 건 또 왜일까

언젠가 들어본 노래이긴 했지만 새삼스러웠다. 노랫말이 가슴을 후벼 파는 것만 같았다.

'지쳐버린 어깨 거울 속에 비친 내가…… 끝은 있는 걸까…….'

노래방을 나온 뒤 우리는 아파트 놀이터의 등나무 벤치에 앉아 많은 이야기를 나누었다. 학교생활, 친구들과의 관계, 그러나 대학 이야기는 애써 피했다. 은영이와 나 모두 그 이야기만은 삼가고 싶었는지도 모른다. 지금 이 순간, 이 순간엔 그런 얘긴 하고 싶지 않은 것이다.

은영이와 헤어진 뒤 나는 아무 일 없는 척하며 집에 들어갔다. 집엔 역시 엄마 혼자뿐이었다. 아빠는 지난봄부터 지방 근무라 주말에만 집에 다녀간다.

"얼마나 못났으면 지방으로 밀려났어? 내가 살아주는 것만도 고마운 줄 알아!"

그러든 말든 아빠는 아무 대꾸를 하지 않았다. 이미 엄마의 습성을 다 파악하고 있어서이다.

"정은이 너는 아빠 같은 남자 안 만나려면 더 열심히 해서 반드시 일류 대학에 들어가야 돼!"

아빠가 어때서? 나는 아빠만 생각하면 가슴이 아리다. 아빠는 대한민국에서 둘째가라면 서러울 정도로 성실하다. 그러나 엄마는 아빠의 성실함조차도 요령부득으로 몰아붙인다. 도대체 엄마의 자신감은 어디에서 나오는 것일까? 고등학교만 나왔는데도 저 정도인데 만약 대학까지 나왔다면 큰일 날 뻔했다. 생각만으로도 아찔하다.

"다른 사람들은 벌써 부장 되고 이사 되는데 당신은 만년 과장만 할 거요? 사람이 좀 빠릿빠릿해야지, 곰팅이 같아서…….
그래서 좋은 학교 나와야 돼!"

어쩌면 나는 아빠 대신 공부를 하는지도 몰랐다. 나 스스로는 공부를 해야 할 이유가 없다. 그러나 아빠가 엄마한테 면박을 받는 건 싫다. 내가 공부라도 잘해야 아빠를 향한 엄마 신경질이 덜하다는 걸 안다. 그러니 내가 어찌 공부를 안 할 수 있으랴. 그런 내가 한심하기는 하다. 사라져버리고 싶기도 하다. 그러나 아직은 아니다. 사라져도 엄마가 바라는 대로 해주고 나서 사라져야 한다.

그날 이후 한동안 아무 생각 없이 공부만 했다. 엄마가 정한 성적을 따내야 집안이 조용하고 편안해지기 때문이다. 우리 집에 나나 아빠는 없다. 오로지 엄마만 있을 뿐이다.

마침내 전국모의고사를 치렀다. 다행히 성적은 괜찮게 나왔다. 이번엔 영어가 100점이었다. 엄마는 외국어고등학교에 다니는 만큼 무조건 영어 점수가 좋아야 한다고 강변한다. 다른 과목은 나중에라도 따라잡을 수 있지만 어학은 그렇게 안 된다는 것이다. 엄마는 거의 입시 상담가가 다 되어 있다. 그런데 엄마가 모르는 게 있다. 언어영역, 즉 국어가 영어보다 훨씬 더 어렵다는 걸. 그러나 엄마한텐 그게 안 통한다.

허망했다. 시험은 잘 보았지만 엄마는 이 정도로 만족하지 않을 것이다. 역시 하늘은 파랗다. 그러나 이 푸른 하늘이 더 불안하고 슬프다. 저 푸른 하늘에 대고 마구 소리치고 싶다. 뭉크의 〈절규〉 속 해골 같은 사람처럼 귀를 막고 마구 소리치고 싶다. 뭉크는 왜 그런 그림을 그렸을까? 화집 해설엔 자아를 관통하는 비명 소리를 계속 들었던 기억을 바탕으로 그런 그림을 그렸을 것이라고 나와 있다. 뭉크의 불안, 두려움, 외침! 나의 불안, 두려움, 외침! 아무래도 은영이와 만나 실컷 수다를 떨어야 그나마 숨통이 트일 것 같아 은영이에게 시험이 끝났으니 보자는 연락을 했다.

은영이는 나보다 먼저 와 있었다.

"시험공부 하느라 피곤했을 텐데, 일찍 들어가서 쉬지 않고……."

은영이가 나를 보자마자 걱정부터 해주었다. 은영이가 꼭 언니 같다.

"아냐, 시험 끝난 날 아니면 놀 날도 없어."

"그래 그럼 뭐 좀 먹고 노래방에나 가자."

은영이가 아르바이트 월급으로 굳이 사겠다고 해서 피자를 먹었다. 이어 노래방에 갔다. 은영이에게 일부러 지난번에 부른 노래를 불러보라고 했다. 은영이가 군소리 않고 번호를 입력하고 반주가 나오자 노래를 부르기 시작했다. 나는 눈을 감고 노래를 감상했다. 많은 것들이 스쳐 지나갔다. 늘 기를 못 펴고 사는 아빠, 틈만 나면 나를 닦달하는 엄마, 아무 감정 없이 공부만 해야 하는 나, 자신의 의지대로 밝게 사는 은영이, 그리고 뭉크의 〈절규〉, 〈병든 아이〉, 〈사춘기〉. 나는 누구일까? 사춘기에 병든 아이? 그래서 절규할 수밖에 없는?

(약해지면 안 된다는 말 대신)

(뒤처지면 안 된다는 말 대신)

끝이 아니라

(약해지면 안 된다는 말 대신)

(뒤처지면 안 된다는 말 대신)

나의 길을 간다고

지금 이 순간 끝이 아니라

나의 길을 가고 있다고 외치면 돼

내가 이런저런 생각에 한참 빠져 있는 동안 은영이는 절규하듯 부르던 노래를 마무리하고 있었다.

"지금 이 순간 끝이 아니라 나의 길을 가고 있다고 외치면 돼~."

노랫말의 마지막 부분이 나를 감전시켰다. 은영이는 과연 자신만만하게 자기 길을 가고 있구나.

나의 길은 뭐지? 공부 기계? 영어 100점? 외국어고등학교? 일류 대학?

나는 고개를 저었다. 다 소용없는 것이었다. 이제 너무 지쳐 버렸다. 지겹다. 아니, 질린다. 엄마에게 하소연해봐야 돌아올 소리는 뻔하다.

'배부른 소리 하지 마! 다 너를 위해서 내가 이러는 거야! 너는 아무 생각 말고 엄마 말만 들으면 돼!'

배부른 소리라고? 나를 위한다고? 엄마 말만 들으면 된다고? 아, 미치겠다!

은영이와 헤어지고 집에 왔다. 엄마는 내가 시험 끝나고 학원에 들러 공부하고 온 줄 알았다. 나도 태연히 그런 척했다. 가방을 뒤져 오늘 본 모의고사 시험지를 찾아 보여주며 영어가 만점인 것 같다고 말했다. 엄마가 살짝 웃는 것 같았다. 그러나 그대로 지나가지 않았다.

"역시 학원 바꾸길 잘했어! 하지만 한 번 100점 받았다고 방심하면 안 돼! 마음 놓으려면 아직 멀었어. 이제 3학년 때까지 무조건 100점 받아야 돼!"

나는 숨이 탁 막혔다. 엄마의 지칠 줄 모르는 욕심이 머리를 터지게 한다. 칭찬은 놔두고라도 잔소리나 더 듣지 않았으면 싶었다. 그러나 엄마는 그새 더 욕심을 내고 있는 것이었다.

서둘러 내 방으로 갔다. 뭉크 전시회를 계기로 산 뭉크 화집을 들여다보았다.

〈절규〉, 거칠고 우울하여 황량해 보이지만 많은 이야기가 담긴 그림. 비록 전시회에서 실물로 보진 못했지만, 화집만으로도 화가의 말이 다 전해지는 것 같았다. 이어 은영이가 불렀던 마야의 노래가 겹쳐졌다. 〈나를 외치다〉!

나는 은영이에게 문자를 넣었다.

은영, 이제야 나도 나를 외치게 되었어!

물론 내 문자를 받은 은영이는 생뚱맞은 생각이 들어 말뜻을 확인하기 위해 내게 전화를 할지도 모른다. 그러나 나는 이미 나를 외치고 난 뒤일 것이라 전화를 받지 못할 것이다.

나는 사춘기의 병든 아이다. 그래서 나를 외치는 절규를 남기고 떠나고 싶다. 창문을 열었다. 낮에 불안할 만큼 말갛던 하늘은 밤에도 별들이 보일 정도로 맑다. 별자리, 별이 별만으로 존재하는가? 저마다 빛나는 별들 사이에 선을 그어, 일종의 맥락을 만들어주어야 비로소 어떤 별자리가 되는 것 아닌가? 그렇다면 나는 무슨, 어떤 맥락 속에 있는가? 오로지 엄마가 그어놓은 선상의 맥락만 있는가? 내가 그은 선은 없는가? 나는 사람도 아니어서 사춘기도 못 뚫은 병든 아이인가?

나는 절규한다. 외침은 크지 않다. 도저히 나의 별자리를 그을 맥락을 못 찾겠다. 엄마 별만 유독 빛나는 우리 집. 엄마 별에 내 별의 선을 이어붙이기는 싫다. 휴대전화를 열어 초기 화면 배경 글을 '이제 됐어!'라고 찍어 넣었다. 이제 된 것이다. 나를 외칠 준비가 다 끝난 것이다.

방 창문을 열고 보니 아파트 숲 사이로 별똥별 하나가 지고 있었다. 저 별똥별도 끝내 자기 자리를 못 지키고 떨어지는 것이리라. 잠시 후 나도 별자리를 만들지 못한 별똥별이 되려 한다. 그러나 별똥별처럼 우아하게 지지는 못할 것이다.

속으로 다시 엄마 뜻을 확인한다. 엄마, 이제 됐어? 엄마가 바라는 점수 받아 왔으니 이제 됐냐구? 나는 휴대전화 목록의 '또 뭔데'를 열어 문자를 찍었다.

엄마, 영어 100점 맞았으니까, 이제 됐어?

물론 엄마는 아직 안 되었을 것이다. 아직도 멀었을 것이다. 그렇기에 나는 기어코 별똥별이 되고 말아야 한다. 나는 재빨리 문자를 전송하고, 휴대전화기를 창틀에 내려놓은 뒤 20층 아파트의 창틀에 섰다.

내가, 별똥별이, 된다.

세상에
단 한 권뿐인 시집

마감 날짜를 이미 넘긴 원고가 있어 한숨도 자지 못하고 밤을 새웠다. 겨우 원고 쓰기를 마치고 기지개를 켜려는 순간 전화벨이 울렸다.

"새벽같이 웬 전화지?"

며칠 전부터 원고 독촉을 해대던 잡지사 기자는 아직 출근할 시간이 아니었다. 새벽이나 밤중에 걸려오는 전화는 대개 좋지 않은 소식을 전하는 경우가 많아 나는 조금은 긴장한 채 전화 수화기를 들었다.

"여보세요? 거기……."

여자였다. 그러나 전화선을 타고 넘어온 목소리만으로는 누구인지도 모르겠고, 나이를 가늠하기도 어려웠다. 나는 누구냐고 물으려다 저 쪽에서 말하는 대로 내버려두기로 했다.

"네, 말씀하세요."

"거기 글 쓰시는……."

나를 찾는 전화인 것 같기는 했다. 여자는 자신의 신분을 밝히지 않고 한참을 머뭇거렸다. 나는 이 여자가 누굴까 하며 열심히 머릿속을 더듬었으나 도무지 짐작이 가지 않았다. 잠시 침묵이 흘렀다. 여자는 여전히 자신이 누구인지 밝히지 않은 채 용건을 말했다.

"돌려드릴 것이 있어서요……."

뜬금없는 소리였다. 나는 잠시 멍해져서 다시 침묵했다. 여자가 잠깐 사이를 둔 뒤 더듬더듬 말했다.

"스무 해 동안, 갇혀 있던, 말들이에요……."

'스무 해 동안이나 갇혀 있던 말들이라고?'

들을수록 알 수 없는 말뿐이었다.

여자는 내 사정은 묻지도 않고 일방적으로 약속 시간과 장소를 정한 뒤 전화를 끊었다. 끝내 자신이 누구인지도 밝히지 않았다. 나는 도깨비에게 홀린 것만 같았다. 웬 여자가 느닷없이 새벽같이 전화하더니 나오라고 하는 것이다. 그런데도 나는 나가겠다고 했다. 누구인지도, 어떤 일인지도 모르면서 거절하지 못하고 나간다고 한 자신이 우습기만 했다. 원래 나는 오전 약속을 하지 않는 사람이다. 사사로운 일은 물론 출판사 일 따위를 보러 나갈 때도 될 수 있으면 오후에 약속을 잡아 나간다. 굳이 복잡한 아침 출근 시간에 바깥에 나갈 까닭이 없는 것이다. 더더구나 오늘은 밤을 꼬박 새우기까지 했다. 그런데도 이른 아침의 일방적인 약속을 받아들인 것이다.

'아닌 밤중에 홍두깨지, 이게 뭐야? 나한테 돌려줄 게 뭐지? 어떤 여자지?'

나는 전자우편으로 서둘러 잡지사에 원고를 보냈다. 이어 졸음을 이기느라 뻑뻑해진 눈을 손등으로 비비며 아침을 먹는 둥 마는 둥 하고서 바로 옷을 챙겨 입고 여자를 만나기 위해 집을 나섰다. 밖엔 눈이 퍼붓고 있었다. 내가 탄 버스는 조심조심 눈길을 달렸다. 눈이 내리는데도 워낙 서둘러 집을 나선 까닭에 약속 시간보다 꽤 이르게 여자가 일러준 찻집에 도착했다.

여자는 나보다 더 먼저 나와 있었다. 내가 찻집 문을 열고 안으로 들어가자마자 자리에 앉아 있던 여자가 벌떡 일어나 나를 바라보았다. 이른 아침이어서 찻집에 다른 손님은 없고 찻집 주인은 아직 아침 청소 중이었다.

가까이 다가가 여자를 보는 순간, 나는 온몸이 굳어버리는 줄 알았다. 현아였다. 옷차림과 몸피는 예전과 다르지만 얼굴

모습은 거의 스무 해 전 여고생 때의 청순하던 소녀 모습 그대로인 현아가 눈앞에 나타난 것이다.

"현아……."

이름 말고는 다른 말이 입에서 떨어지지 않았다. 현아가 손을 내밀었다. 나는 얼떨결에 그 손을 내려다보며 마주 잡았다. 여전히 희고 맑은 손이었다. 찌릿찌릿하는 느낌이 그대로 전해졌다. 문득 그 옛날 현아가 손을 내밀어 첫 악수를 청하던 때가 떠올랐다. 내 느낌은 순식간에 그때로 돌아가 있었다.

우리 둘은 그렇게 손을 잡은 채 말없이 서로를 바라보기만 했다. 현아의 두 눈은 예전과 마찬가지로 호수처럼 크고 맑았다. 초롱초롱하던 눈빛이 이젠 축축하게 젖은 느낌이 드는 것 말곤 예전 그대로였다. 한참 지나자 현아의 손에 땀이 밴 걸 느낄 수 있었다. 현아가 슬며시 손을 빼더니 탁자 위의 누런 봉투를 집어 들었다. 이내 곧 현아는 봉투 속에서 공책을 한 권 꺼낸 뒤 다짜고짜 내 앞으로 내밀었다.

나는 영문을 모른 채 공책을 받아든 뒤 겉표지를 펼쳤다. 속표지에 검정 만년필 글씨로 '이 세상에 단 한 권뿐인 시집을 내 사랑하는 소녀 현아에게 바친다'라고 씌어 있고, 그 아래에는 날짜와 내 이름이 휘갈겨져 있었다.

"아!"

나는 짧은 신음만 내뱉은 채 공책을 뒤적여 볼 엄두도 내지 못했다. 그해 겨울의 찬바람이 가슴을 뚫고 지나갔기 때문이다.

고등학교 시절, 나는 선생님과 친구들의 눈을 피해 남몰래 시를 썼다. 어느 때부터인지 정확히 기억은 나지 않지만 학년이 높아지며 점차 학교생활이 지긋지긋해질 무렵부터였을 것이다. 오로지 대학이 인생의 전부라는 듯이 모든 수업 시간 내내 '대학, 대학' 하는 학교 분위기가 싫어지면서였다.

'사람이 공부하는 기계도 아니고 이게 뭐야…….'

나는 전체 학생이 죄다 공부하는 기계가 되어 날이 갈수록 바보가 되어간다고 생각했다. 그런 때 시를 만난 게 나로서는 굉장한 행운으로 여겨졌다.

'시를 모르고 어떻게 삶을 사는 것이라고 하겠는가! 시는 바로 인생이고, 인생은 바로 시야. 난 기어코 인생을 모르는 사람들의 영혼을 쓰다듬어줄 시를 쓸 거야. 단 한 사람의 영혼이라도 쓰다듬어줄 수 있는 시를 쓸 거야!'

나는 기고만장해 있었다. 나는 이미 세상을 다 알아버린 것만 같았고, 대학이나 가기 위해 구는 학생들 모두 좀스럽게만 느껴졌다.

그렇게 시를 쓰네 문학을 합네, 하며 이 책 저 책을 난독하다가 그만 니체와 쇼펜하우어의 탈속한 듯한 주절거림과 선승들의 거침없는 기행담에 푹 빠져들었다. 그랬으니 학교 공부가 제대로 될 리가 없었다. 그런데도 부모님은 내가 당연히 좋은 학교 좋은 학과에 들어갈 줄 알았다.

"니는 없는 촌살림에 고등학교를 도시로까지 보냈은께 꼭 좋은 대학 가서 출세혀야 되야. 알았제?"

아버지의 그런 바람과 달리 나는 대학 같은 건 거들떠보지도 않았다.

'그깟 대학 나와서 뭐한다고 저러실까? 나는 밥벌이보다 더 소중한 일을 할 사람인데…….'

대학 입시가 코앞에 닥쳐왔지만 나는 이미 대학 같은 것에는 관심을 두지 않고 뜻도 모를 어휘들을 조합해서 탈속한 도인들의 잠언적인 냄새가 그럴싸하게 묻어나는 시 쓰기에 몰두했다.

아궁이 속에서 시뻘겋게 타고 있는
너의 육신을 보았는가
검은 재 몇 줌으로 남은 너의 목숨
바로 너의 인생이다
나무여,
바람 소리 길게 듣지 말라

내가 쓴 시라고 믿기지 않을 정도로 보면 볼수록 기가 막힌 시였다. 나무여, 바람 소리 길게 듣지 말라니! 나는 내가 시적 재능을 타고난 게 틀림없다고 믿어 의심치 않았다.

'히히, 누가 이런 표현을 생각이나 하겠냐!'

나는 마치 신들린 듯이 시를 써 갈겼다. 시를 통해 뭇 사람들의 영혼을 쓰다듬어줄 말씀을 들려주어야만 할 것 같아서였다. 시인을 부처보다도 예수보다도 공자, 맹자보다도 더 뛰어난 존재로 믿었다. 그러니 시란 마땅히 세속의 탁한 삶에 눈먼 이들에게 뭔가 그럴싸한 경구를 들려주어야 하는 걸로 알았다. 이 세상의 모든 풍경이 다 시시하게 느껴질 뿐이었다. 그때 현아를 알았다.

현아는 같은 반 친구가 하숙하고 있는 집의 주인 딸이었다. 그 친구와 나는 고등학교 3년 내내 같은 반이었다. 그래서 둘은 겉으로나마 가장 가까이 지내는 사이였다. 어느 날 친구 하숙집에 우연히 들렀다가 우리보다 한 학년 아래라는 현아를 보았다. 순간 속으로 남몰래 도인인 척했던 나 자신의 바탕이 와르르 무너지고 말았다. 검정 교복, 그리고 가는 목에 둘러진 하얀 깃. 오뚝한 코에, 아침 햇살을 머금은 이슬처럼 반짝거리는 눈. 아, 그리고 무엇보다 봉긋이 솟아오른 가슴. 나는 현아를 제대로 바라보기는커녕 거의 숨도 못 쉴 지경이었다. 현아가 희고 맑은 손을 내밀며 악수를 청했다.

"오빠, 시 쓴다면서? 야 멋지다!"

현아가 내 손을 쥐는 순간 온몸이 찌릿찌릿하며 어지러웠다. 이어 현아가 손을 가볍게 흔들기까지 하자 내 온몸이 다 흔들리는 것 같았다. 아니, 발 딛고 서 있는 바닥까지 흔들리는 것 같고, 급기야 지구가 흔들리고 온 세상이 다 흔들리는 것만 같았다.

친구가 현아에게 내 얘기를 한 적이 있는지 현아는 내가 시를 쓴다는 걸 알고 있었다. 나는 애써 티를 내지 않았지만 친구는 내가 하는 짓을 눈치채고 있었던 모양이었다. 나는 얼굴이 화끈거려 제대로 대답조차 하지 못했다.

"오빠, 교과서에 나오는 시는 뜻도 알쏭달쏭하고 재미도 없잖아. 그런 시 말고, 사람들 마른 가슴을 촉촉하게 적셔줄 수 있는 시를 써봐!"

나는 뭔가 단단한 것으로 뒤통수를 한 대 맞은 기분이었다. 사람들 마른 가슴을 촉촉하게 적셔줄 수 있는 시! 그 말을 듣는 순간, 시라면 마땅히 그래야 된다는 생각이 들었다.

그 뒤 나는 그다지 볼일도 없으면서 틈이 날 때마다 친구 하숙집, 아니 현아네 집에 들렀다. 스스럼없고 싹싹한 소녀인 현아는 친구가 없어도 나를 거리낌 없이 대해주었다. '오빠'라는 소리는 첫 만남에서부터 자연스럽게 했고, 자기가 본 책이나 영화 이야기도 들려주었다. 나는 여동생이 없는 터라 현아가 더욱 사랑스러웠다. 특히 맑고 큰 눈을 바라볼라치면 마치 커다란 호수를 바라보고 있는 것 같았고, 곧 그 눈 속에 빨려 들어갈 것만 같았다. 나는 바야흐로 막연하기 짝이 없는 삶이니 세상이니 하는 것은 뒤로 제쳐놓고 눈앞의 현아 생각에 빠져 하루하루를 보내게 되었다. 그러다 보니 친구를 보러 가는 게 아니라 현아를 보러 가는 꼴이 되고 말았다. 어느 순간부터는 속으로 아예 친구가 집에 없기를 바라며 찾아가고 있었다. 그러다 친구도 없고 현아도 없는 날엔 괜히 심통이 나기도 했다. 혹시 둘이서만 영화라도 보러 간 게 아닐까 하는 생각이 들어서였다.

나는 현아네 집에 갔다 오기만 하면 열병을 앓았다. 현아를 만난 날이면 현아를 만난 느낌이 좋아서 그랬고, 현아를 만나지 못한 날이면 애가 타서 그랬다. 좋은 느낌은 좋은 느낌 그대로 간직하고 싶었고, 애가 탄 느낌은 어떻게든 현아에게 전달하고 싶어 안달이 났다. 그러다 보니 나도 모르게 연습장을 펴놓고 뭔가를 끼적이게 되었다. 그동안 끼적거린 시와는 다른 시를 끼적거리게 된 것이다. 막연히 내 멋대로 세상에 대해 내뱉는 관념적이고 추상적인 말이 아니라 구체적인 대상을 두고 절실하게 애를 태우는 감정이 그대로 묻어나는 말들이 튀어나왔다.

그때부터 나는 연애 감정보다 더 소중한 감정은 이 지상에 없는 거라고 여기며 열심히 연애시를 써 갈겼다. 어느 순간이 지나자 연습장에 따로 쓸 필요도 없었다. 공책 한 권을 마련하여 일련번호까지 매긴 뒤 바로 시를 썼다. 며칠 지나지 않아 공책 한 권이 아주 감동스런 연애시로 그득해졌다. 다시 읽어봐도 구구절절이 명시였다. 특히 현아를 처음 만났을 때의 느낌을 그린 시는 몇 번을 다시 들여다보아도 그럴싸했다.

소녀의 눈은
맑은 이슬로만 채워진 호수입니다
햇살이 내리쬐면 호수가 반짝입니다
금빛으로 은빛으로
빛나는 호수면
그 위에 가만히 눕고 싶습니다

시가 공책의 마지막 장까지 채워진 날, 나는 하루 내내 방구석에 처박혀 공책 표지를 나름대로 멋지게 꾸미고 공책의 속지 여백에 간단한 그림도 그려 넣었다. 그야말로 이 세상에 한 권뿐인 수제품 시집을 만든 것이다. 그런 뒤 현아에게 주기 위하여 자취방을 나섰다.

아직 어두워지기 전이었다. 마치 시집 완성을 축하해주기라도 하듯이 소담스런 눈이 펑펑 쏟아지기 시작했다. 나는 시집을 품속에 넣고 겉옷을 단단히 여며 눈에 맞지 않도록 했다. 현아네 집까지 가는 동안 내 발걸음은 공중에 붕붕 뜨는 것 같았다. 뺨에 와 닿는 눈이 차갑게 느껴지지도 않았고, 머리에 쌓이는 눈이 거추장스럽게 느껴지지도 않아 일부러 털어낼 필요도 없었다.

현아네 집 골목 어귀에 들어섰을 때였다. 눈 위에 발자국 넷이 찍혀 있었다. 남자 신발과 여자 신발 한 쌍이었다. 눈은 발자국 위에도 쏟아져 내렸지만 발자국은 쉽게 지워지지 않았다. 발자국은 현아네 집으로 이어져 있었다. 나는 불현듯 이상한 느낌이 들었다.

'혹시 둘이서 눈맞이 하다 들어간 게 아닐까?'

친구랑 현아 둘이서 눈이 내리는 밖에서 놀다가 들어간 것만 같았다. 가슴이 마구 뛰며 방망이질을 해댔다. 순간, 얼른 뛰어가 아직 두 사람이 마당에 있는지 어떤지를 확인하고 싶어졌다. 그런가 하면 둘이서 함께 있는 것을 차마 볼 수 없을 것만 같아 오늘은 이만 돌아갈까 하는 마음이 들기도 했다. 이럴까 저럴까 마음의 갈피를 못 잡으면서도 내 발걸음은 어느새 현아네 집 앞에까지 이어졌다. 나는 두 눈 꼭 감고 열린 대문 안으로 들어갔다.

"어?"

처마 밑 섬돌 위에서 눈을 털고 있는 이는 친구와 아주머니 한 분이었다.

"아!"

나는 가슴을 쓸어내렸다. 현아가 아닌 것에 그때까지의 불안이 가시고 마음이 놓인 것이다.

친구가 아주머니를 소개했다.

"우리 어머니이셔, 내일 친척 결혼식이 있어서 시골집에서 지금 오셨어. 하필 눈이 많이 내리는 날 오시느라……."

나는 아주 공손하게 인사를 했다. 내가 어른들한테 인사를 할 때 최대한 갖출 수 있는 자세를 취하면서 말이다. 속으로 웃음이 나왔다. 얼굴이 화끈거렸다. 내가 인사를 하고 나자 친구 어머니가 웃으며 말했다.

"아이고 좋은 친구인갑네. 인사성 밝은 것 봐. 이참에 대학은 어디로 가는 것이여?"

다 좋았는데 대학이라는 말이 귀에 거슬렸다. 나는 대학 같은 건 안중에 없어서였다. 친구 어머니가 눈을 탈탈 털고 친구

방으로 들어가자 친구가 현아 방 쪽을 향해 가볍게 턱짓을 한 뒤 나를 슬쩍 훑어보았다.

"현아는 집에 없는가 봐."

내가 누구를 보러 왔는지 다 안다는 투였다. 나는 내 마음을 친구한테 들킨 것만 같아 또 얼굴이 화끈거렸다. 그러든 저러든 일단은 현아가 집에 없다는 게 무척 다행으로 여겨졌다. 이렇게 분위기 좋은 날 친구랑 현아가 한집에 같이 있으면 안 될 것 같은 생각이 자꾸만 들었다.

"현아 없어도 돼. 그 대신 이것 좀 전해주라……."

내가 품에서 수제품 시집을 꺼내 친구 앞에 내밀자 친구가 그걸 받아 물끄러미 내려다보았다. 나는 친구가 그 시집을 계속 내려다보고 있는데도 서둘러 현아 집을 뛰쳐나왔다. 괜히 친구에게 속을 보인 것 같아 너무나 어색했기 때문이었다.

눈길을 되짚어 나오며 보니 현아 집으로 이어진 발자국 위에 눈이 제법 두텁게 덮여 있었다. 발자국을 볼 때마다 웃음이 픽픽 새어 나왔다. 한순간이나마 여자 신발 발자국을 현아 것으로 생각한 게 우스워서였다.

"오빠!"

쏟아지는 눈을 피하느라 고개를 숙인 채 혼자서 실없는 웃음을 지으며 골목길을 빠져나오는데 현아가 나타난 것이다.

"어? 현아, 어디, 갔다, 와?"

나는 뜻밖에 현아를 만나자 제대로 말을 하지 못하고 더듬거렸다. 현아는 온통 눈을 뒤집어쓴 채 두 손을 모아 어린아이가 엄마에게 반갑게 달려들 때처럼 손을 활짝 펼치며 들뜬 목소리로 말했다.

"오빠, 눈사람 만들래?"

현아는 벙어리장갑을 끼고 있었다. 나는 바지 호주머니에 두 손을 푹 찌른 채 멍하니 서 있었다. 꿈인지 생시인지 모를 일이었다. 나는 현아랑 눈사람을 만들고 싶었다. 그러나 곧 고개를 저었다. 그보다는 먼저 현아가 내 시집을 받아서 읽어봤으면 하는 마음에서였다. 아니, 어쩌면 장갑을 끼지 않은 내 맨손을 드러내고 싶지 않았는지도 모른다. 그래서 나는 엉뚱한 말을 내뱉고 말았다.

"응, 나도, 그러고 싶은데, 바쁜 일이 있어서, 그만 가야 돼……."

아까와 마찬가지로 나는 더듬거렸다. 갑자기 내가 바보가 되어버린 게 아닌가 싶었다. 현아랑 자연스럽게 어울려 눈사람도 만들고, 친구한테 시집을 맡겼으니 받아 읽어보라는 말도 하면 될 텐데 끝내 하지 못하고 말았다.

현아가 뭐라고 하는지 어떤지는 살펴볼 겨를도 없이 나는 마구 눈 속을 뛰었다. 뒤통수가 근질근질했다.

눈이 멈추고 며칠이 지났다. 나는 현아가 내 시집을 받고 어떤 반응을 보였을까 궁금해서 안달이 났다. 그러나 다른 때와 달리 현아네 집에 가보기가 망설여졌다. 학교는 이미 겨울방학이어서 친구를 학교에서 볼 일도 없었다.

몇 번씩이나 현아네 집 골목에 들어섰다가 발길을 돌리곤 했다. 오다가다 우연이라도 현아를 만나기를 바랐지만 그런 기적은 일어나지 않았다.

현아에게서 아무런 반응을 못 받은 나는 더 이상 시를 쓸 수 없었다. 하루에도 몇 번씩 현아네 집 쪽을 바라보며 얼마나 많이 절망했는지 모른다.

방학 동안 아이들은 자기가 갈 대학을 정하고 입학원서를 쓰기 시작했다. 나는 시를 쓰는 동안 대학 같은 건 염두에도 두지 않았는데, 시고 뭐고 쓸 일이 없어져버리자 우습게도 다시 대학을 생각했다.

그때부터 난 몹시 추운 겨울을 보내야 했다. 대학 입시가 끝나고 고등학교 졸업식까지 끝난 겨우내 찬바람을 가슴에 안은 채 거리를 쏘다니며 막 입에 대기 시작한 술을 마구 마시고 홀로 자취방에 돌아와 울며 지냈다. 그러면서도 현아를 직접 찾아갈 용기는 내지 못했다. 내 딴에는 이 세상에서 가장 감동스런 시를 써서 주었는데도 아무런 반응을 보이지 않은 현아에 대한 원망이 치솟을 대로 치솟아서 그랬는지도 모른다. 그 일을 계기로 다시는 잠언시고 연애시고 내 안에서는 시 비슷한 것조차도 나오지 않았다. 그래서 모든 걸 잊기로 했다. 시 나부랭이 같은 건 다시는 쓰지 않으리라! 시도 밉고 여자도 밉고, 나아가 세상이 다 미웠다.

나는 몸과 마음이 지칠 대로 지쳐 내 청춘을 저주했다. 사랑을 하고 있을 땐 세상을 다 얻은 것 같고, 사람들도 모두 내 편인 것만 같고, 내가 못할 일이 없을 것만 같았다. 그런데 막상 사랑을 잃고 나니 세상을 얻기는커녕 나는 이 세상에선 아무짝에도 쓸 데가 없는 놈으로 여겨졌고, 사람들도 죄다 나를 미워하는 것 같기만 하고, 나는 아무것도 못 할 것만 같았다. 그렇게 끝이 났다. 내 청춘은 거기서 끝나고 말았다. 나는 앞으로 패배자로 살 일만 남은 것 같았다.

그래서 시니 문학이니 하는 것하고는 멀어도 한참 먼, 사돈네 팔촌의 발뒤꿈치 정도의 인연도 없을 것 같은 학과를 택해 입학원서를 썼다.

'내가 지금 문학 같은 것 해서 뭐하겠냐. 밥벌이 잘되는 학과나 가서 밥이나 굶지 않고 살면 그만이지…….'

누가 봐도 문학과는 전혀 인연이 닿지 않은 얼토당토않은 학과를 택해 대학에 진학한 나는 싸움터에서 부상당하고 돌아온 군인처럼 아무 활기 없이 대학 생활을 시작했다.

대학에 들어가서도 현아를 찾지 않았다. 친구도 일부러 찾지 않았다. 서로 다른 대학으로 가기도 했지만, 현아에게 전해달라는 내 시집을 들고서 한참을 내려다볼 때의 모습이 떠오를 때마다 새삼 쑥스러운 느낌이 되살아났기 때문이다. 물론 시도 다시는 쓰지 않았다.

대학 4년을 보내고 군대까지 다녀온 뒤 들어간 직장에서 내가 맡게 된 일은 돈을 다루는 일이었다. 날마다 돈을 만지작거리는 일이 내 업무였다. 그런 어느 날, 무심코 돈다발을 정리하다 보니 만 원짜리를 한 손에 집을 때마다 정확하게 백만 원씩 손에 집히는 걸 알았다. 돈다발을 손에 쥐고 세기 위해 펼치면 금세 백만 원이 헤아려지긴 했지만, 무심코 돈을 집었는데도 백만 원씩 손에 집히는 건 끔찍한 일이었다. 내가 돈 세는 기계가 되어 있었던 것이다.

갑자기 몸이 떨리고 어지럼증이 났다. 퇴근하여 집에 돌아와서도 어지럼증은 사라지지 않고 몸에 열까지 나기 시작했다. 그날 나는 만 원짜리 돈을 손에 집히는 대로 움켜쥐면 그대로 백만 원짜리 다발이 되는 꿈에 밤새 시달렸다. 그렇게 잠을 못 이루고 몸이 마구 가라앉는 바람에 연거푸 사흘이나 결근

하고 말았다. 직장에 들어간 뒤 그때까지 결근은커녕 지각조차 한 번도 한 일이 없었는데 말이다. 집에서 쉬면서 가까스로 다시 몸을 추스르고 직장에 나갔지만 예전처럼 일을 할 수가 없었다. 돈다발이 무슨 쓰레기 뭉치처럼 보이기 시작하고 돈에서 악취가 나는 것 같았다. 날이 갈수록 내 증세는 더 심해져 돈 바구니를 보기만 해도 욕지기가 나고 가슴이 울렁거렸다.

'내가 왜 이러지? 이제 돈 바구니조차 보기가 싫으니…….'

나는 내 스스로를 거부하기 시작했다.

'내가 돈 세는 기계가 되고 말았다니, 말도 안 돼! 나는 기계가 아니야! 기계가 아니라구!'

나는 직장에 휴가를 낸 뒤 곧바로 여행을 떠났다. 어디론가, 돈 냄새가 나지 않는 곳으로 달아나야 할 것만 같아서였다. 직장에 들어간 뒤 정기 휴가조차 한 번도 가지 않은 나였다. 오로지 일만 미친 듯이 했다. 그렇다고 월급을 더 주는 것도 아니었다. 그저 일을 하지 않고 쉬면 불안해서 그랬다. 그러다 보니 내 별명이 '일 중독자'니 '일벌레'니 하는 것이 되고 말았다. 남들이 뭐라고 하든 말든 나는 신경 쓰지 않았다. 무엇이 나를 그렇게 몰아쳤는지 모르지만 일을 하지 않으면 금방이라도 잘못될 것만 같아 하루 한시도 쉴 수가 없었던 것이다.

내가 지친 몸을 이끌고 찾아든 곳은 고향이었다. 명절 때나 겨우 찾던 고향이었다. 여우만 죽을 때 제 살던 굴 쪽으로 머리를 두는 게 아니었다. 사람인 나도 죽을 맛이 들자 가장 먼저 떠오른 게 고향이었다. 고향집에 이르자마자 가장 먼저 내 발길이 가닿은 곳은 어려서 놀던 뒷동산이었다.

뒷동산에 오르면 멀리 바다가 보이는데, 저녁 때 바다 멀리 집을 지으며 들어가는 석양의 노을빛이 여전히 볼 만했다. 어렸을 때는 노을빛이 하도 장엄하여 해가 다 질 때까지 집에 들어갈 생각도 하지 않고 산 위에 그대로 앉아 어둠을 맞을 때가 많았다. 지는 해를 보고 있노라면 까닭 모를 슬픔이 하염없이 밀려왔다. 그 슬픔은 자꾸만 나를 어디론가 멀리 떠나도록 부추겼다. 슬픔이 없는 곳으로 멀리멀리. 그래서 읍내에 있는 초중등학교를 마치자마자 도회로 나간 것이다.

뒷동산에 오른 나는 어렸을 때 늘 앉던 자리에 다시 앉아 바다에 붉은 원색의 물감을 풀어놓는 석양을 바라보았다. 어린 소년의 가슴을 달아오르게 하기도 하고 서늘하게 만들기도 하던 노을과 바다가 거기 있었다. 그동안 잊고 살던 것들이었다. 오로지 밥벌이만 최고로 알고 자신을 밥벌이 기계로만 쓰느라 애써 잊고 있던 것들이었다.

바다가 해를 다 삼키고 어둠이 사위를 둘러쌀 때까지 가만히 앉아 있었다. 고향집을 떠나고 싶어 하던 때로부터 도회에서의 학창 시절에 이어 직장 생활 하던 일이 떠올랐다. 짭조름한 바닷바람이 지나가자 가슴속에 싸한 아픔이 밀려들어왔다. 떠나자, 떠나자고 하더니 결국 이렇게 돌아왔구나.

그날 저녁 나는 내 어릴 때 뒹굴던 안방에서 어머니랑 밤늦도록 지난 이야기를 나누었다. 어느 순간 어머니가 가는 숨소리를 내며 잠이 들자 나는 조용히 방문을 열고 밖으로 나왔다.

"밤기운 차다, 밖에 너무 오래 있지 말거라잉."

인기척에 잠을 깬 어머니가 걱정스레 하는 말이었다.

어머니의 걱정을 뒤로 하고 마당을 나와 마을 고샅길을 한 바퀴 돌았다. 마침 음력 열사흘 밤이라 달빛이 알맞게 내리비추고 있었다. 내 딴엔 조용히 지나간다고 조심스레 걸었는데도 낯선 사람의 발걸음 소리를 용케도 알아차린 개들이 짖어댔다. 그러나 누구 하나 내다보지는 않았다. 젊은이들은 다 도회로 떠나고 집집마다 노인들만 살고 있는 터라 귀 어둔 노인들은 개 짖는 소리를 듣지 못하는 것 같았다. 어쩌다 들었다 하더라도 개가 달 보고 괜히 짖느라 저러나 보다 하는지도 몰랐다.

고향집에서 며칠을 보내며 내 살아온 지난날들을 더듬다 보니 자연스레 공책에다 뭔가를 끼적이게 되었다. 나도 모르게 글을 쓰기 시작한 것이다. 대단한 내용을 담은 글은 아니었으나 글을 쓰다 보니 내 마음이 가라앉고 위안이 되었다. 고등학교 때 생각이 났다. 인생을 모르는 사람들의 영혼을 쓰다듬어 줄 시를 쓰자며, 단 한 사람의 영혼이라도 쓰다듬어줄 수 있는 시를 쓰자며 호기를 부리던 일이 떠오른 것이다. 이어 현아로부터 마른 가슴을 촉촉하게 적셔줄 수 있는 시를 쓰라는 주문을 받았던 것도 떠올랐다. 어쩌면 나는 그 누구도 아닌 내 영혼을 쓰다듬는 글과 내 마른 가슴을 촉촉하게 적셔주기 위해 글을 끼적이고 있는지도 몰랐다. 비록 시는 아니지만 다른 누구도 아닌 나 스스로를 위한 글을…….

나는 더욱 글에 매달렸다. 때로는 내가 고등학교 때의 선생님이 되어보기도 하고, 직장의 상사가 되어보기도 했다. 글이란 게 묘해서 화자가 누가 되었든 결국 쓰는 사람 얘기였다. 나는 그렇게 다시 글을 쓰는 사람이 되었다. 고등학교 때는 공부 기계가 되기를 거부하다 보니 시를 쓰게 되었고, 세월이 한참 흐른 뒤엔 돈 세는 기계가 되기를 거부하다 보니 글을 쓰게 되었다.

휴가가 끝난 뒤에도 나는 직장에 다시 나갈 생각조차 하지 않고 글에만 매달렸다. 처음에는 넋두리도 있고 푸념도 있었지만 차츰 내 글의 방향과 형식이 잡혀갔다. 인생이니 우주니 하는 거창한 것도 아니었고 뜻도 모를 추상적인 것도 아니었다. 그저 나 자신이 살아온 얘기이자 내 이웃들의 얘기였다. 결국 글을 쓰다 보니 세상을 건지느니 인생을 풍요롭게 하느니 하는 것보다는 뭐니 뭐니 해도 내 스스로를 위해 글을 쓴다는 생각이 들었다. 남의 얘기를 쓰는 것 같은데도 끝내 그 글을 통해 위로를 받는 이는 나 자신이었으니까.

그렇게 날마다 썼다. 한때는 시에 목숨을 건 적도 있지만 새로 쓰는 글은 시가 아니었다. 소설 쪽에 더 가까운 글이었다. 예전과 달리 내 글은 빡빡하지도 않고 젊음이니 사랑이니 하는, 풋풋하고 끈적끈적한 감정이 묻어나지도 않았다. 이미 젊음의 감정이 다 물러가버린 뒤였기 때문이다. 어쩌면 그러한 감정은 고등학교 이후 애써 묻어두고 살았기 때문인지도 모른다.

사실 고등학교 졸업 이후 나는 현아가 어떻게 살았는지 아무것도 모른다. 친구 녀석과의 끈을 굳이 잇지 않은 데다 내가 애써 찾지 않았기 때문이다. 대학 들어가서도 찾지 않았지만 직장 생활을 하면서도 찾지 않았다. 어쩌면 묘한 배신감이 무의식 속에 단단히 박혀 있어서 그랬는지도 몰랐다. 물론 엄밀히 따지자면 현아를 탓할 일은 아니었다. 어찌 보면 나의 일방적인 짝사랑이었기 때문이다. 그런데도 난 모든 잘못을 현아 탓으로 돌린 것이다. 그러기에 내 의식 속의 현아는 여고생의 소녀 적 모습에서 성장이 멈춰진 것이다.

소설 쓰는 걸 업으로 삼은 뒤에도 옛날 생각은 더욱 하지 않았다. 다시 글을 쓰게 되면서 나는 지난 세월 속의 나를 인정할 수가 없었다. 그저 새로 태어나야 하는 나에게만 관심을 두었다. 그러한 때에 뜬금없이 현아가 나타난 것이다! 그것도 이 세상에 단 한 권뿐인 수제품 시집을 들고서…….

기억의 저편을 한참 헤매고 있는데 현아가 나를 잡아끌었다.

"앉아서 차 한잔해요."

그때서야 비로소 청소를 마친 찻집 주인이 건성으로 신문을 뒤적이면서 계속 우리를 힐끔힐끔 바라보는 게 느껴졌다. 자리에 앉아서도 우리 둘은 한참 동안 침묵을 지켰다. 내 앞에는 다시 여고생 소녀 현아가 앉아 있었다. 눈앞의 현아가 사십 줄에 가까운 여인이라는 걸 인정할 수가 없었다.

나는 침묵을 견디기 힘들어 공책을 뒤적거렸다. 편마다 여고생 소녀 현아가 그려져 있는데, 쑥스러울 정도로 나의 감정이 날 것 그대로 한껏 드러나 있었다. 한참 뒤, 고개를 숙이고 있던 현아가 얼굴을 들었다. 눈가가 젖어 있었다. 젖은 채로 현아가 애써 미소를 지으며 말했다.

"그동안 나 미워했지요?"

나는 아무런 말도 떠오르지 않았다. 내가 현아를 미워했을까? 그러나 지난 세월 동안 애써 잊으려고 한 게 꼭 미움 탓만은 아니라는 생각이 들기도 했다. 그런 내 생각과는 상관없이 현아가 단정적으로 말했다.

"많이 미웠을 거예요……."

역시 나는 할 말이 없었다. 계속 공책을 뒤적거렸다. 시는 이제 눈에 들어오지 않고 시집을 가지고 현아네 집에 갔다 돌아올 때 만났던, 눈을 뒤집어쓰고 귀가하던 현아 모습만이 공책의 장마다 어른거렸다.

현아가 더듬거렸다.

"음, 남편이, 죽었어요."

"어!"

나는 외마디 소리 말고는 달리 할 말이 없었다. 현아 남편이 누군지도 모르는데 뭐라고 하겠는가.

현아가 다시 더듬거렸다.

"남편의 유품을 정리하다 보니……."

나는 아직도 할 말을 찾지 못했다.

"남편이 죽고 나서야 이 시집이 나한테 전해진 거예요."

"뭐라구?"

남편이 죽고 나서라니? 그렇다면 그 친구 녀석이 현아 남편? 아, 그 녀석도 현아를 좋아했구나. 순간적으로 그때 상황이 재빠르게 재구성되었다. 내 수제품 시집이 현아에게 전달 안 된 것은 어쩌면 아주 당연한 일이었다. 그런데 그 친구는 시집을 왜 내게 다시 돌려주지도 않고 없애버리지도 않았을까?

"미안해요. 이 세상에 단 한 권뿐인 시집을 이제야 돌려드리게 되어서. 그때 받았으면 바로 돌려드렸을 텐데……. 시집 속의 말들이 스무 해 동안이나 갇혀 있느라 무척 힘들었을 거예요. 그래서 이렇게 돌려드리려고……. 오빠가 글 쓰는 작가가 된 건 알고 있었어요. 우연히 신문에서 오빠 이야기를 읽었거든요. 그래서 늦게라도 시집을 꼭 돌려드리려고……."

현아 입에서 '오빠'라는 소리가 자연스레 두 번씩이나 나왔다. 그 말을 듣자 마른침이 목으로 넘어갔다.

아, 그런데, 나는 무엇이, 아니 누가 20년 동안 갇혀 있었던 것인지 알 수 없었다. 나는 공책을 다시 현아 쪽으로 슬며시 내밀었다. 그런 다음 자리에서 일어났다. 그리고 직장을 그만둔 뒤엔 처음으로 이는 어지럼증을 가까스로 참으며 말했다.

"이건 현아 아니면 누구에게도 소용없는 시야. 여기 들어 있는 시는 현아한테만 어울리게 쓰인 것이거든. 현아 남편이 된 그 친구도 그걸 알았기 때문에 나한테 다시 되돌려주지도 못하고 없애버리지도 못한 거야. 그러니 시를 쓴 나도 주인이 아니야. 그럼 이만……."

밖에는 여전히 눈이 퍼붓고 있었다. 눈길 위에 발자국을 찍으며 발걸음을 뗄 때마다 '오빠'라는 소리가 밟히는 것만 같았다.

가장의 자격

증조할머니가 돌아가셨다. 할머니 앞에 '증조'라고 붙이니까 무척 옛날 사람 같지만, 아빠의 할머니다. 아흔여섯. 거의 한 세기를 살다 가셨다. 작년에 돌아가신 아빠가 살아 계시다면 올해 마흔다섯, 그러니까 할머니는 아빠보다 두 배도 훨씬 더 되는 세월을 살다 가신 거다. 내가 아빠의 할머니에겐 증손자가 된다. 그래서 다들 천수를 누리셨다고 한다. 어쩌면 고손자를 볼 수도 있었을 것이다. 강 씨 집안의 장손인 내가 아이를 낳았으면…….

증조할머니는 열여섯 살에 열세 살인 증조할아버지한테 시집을 왔단다.

"시집 와서 처음엔 느그 증조할아부지가 나랑 같이 자지 않으려고 했어. 왜냐하믄 내가 이녁보다 나이도 많어 어렵기도 했지만, 그때까지도 자다가 이부자리에 오줌도 싸고 그래서 색시인 나헌티 챙피했거든! 어디 그뿐이었디야. 밖에 나가서 놀다 들어오믄 까마귀가 '할아부지' 할 만큼 땟국이 거무튀튀하게 흘러도 잘 안 씻으려고 하는 거여. 어이구 참! 내가 어린 동생 세수시키듯 맨날 씻어주었단께! 그랬더니 차츰 나를 따름시롱 부엌에 살짝 고개 내밀고 '색시, 나 누룽지 좀……' 하지 않겄어. 그래서 나는 밥 지을 때마다 따로 누룽지 긁어두었다가 챙겨서 어린 신랑 주고 그랬제. 그래서 느그 증조할아부지 별명이 누룽지 신랑이여!"

증조할머니는 시집살이의 고단함보다는 어린 신랑 때문에 겪었던 일이 더 오래 기억나는지 명절 때마다 그 이야기를 풀어놓으시곤 했다. 그런데 그 할머니가 돌아가셨다. 증조할아버지가 여든 살에 돌아가셨으니까 증조할아버지 없이 혼자서 10년도 더 넘게 살다 돌아가신 것이다.

이제 아빠가 안 계셔서 내가 가장의 자격으로 장례를 치르러 가야 했다. '남자의 자격'이 아니라, '가장의 자격'으로 말이다. 아빠가 있을 땐 잘 몰랐는데 가장 노릇이 만만치 않다. 어린 나이를 핑계 삼아 피하고 싶다 해서 피할 수 있는 게 아니었다. 나이가 적든 많든 강 씨 집안 장손은 장손인 것이고, 집에서도 아빠 대신 해야 할 일이 많았다.

시골에서 증조할머니 장례를 치르고 다시 서울에 왔다. 직계 존속의 장례에 갔다 온 것이라 학교에서 결석 처리는 하지 않았다. 하지만 결석 처리가 되지 않았다고 학교생활에 아무런 일이 없었던 건 아니었다. 그새 등록금과 급식비가 나와 있었다.

원래 건강보험료를 많이 내지 않으면 학비와 급식비가 감면되었다. 아빠는 잡역부였지만 회사 소속이어서 건강보험료를 제법 많이 냈다. 그러나 아빠가 세상을 뜨자 보험료가 팍 줄었다. 집이 있는 것도 아니고 다른 재산도 없는 데다 소득 잡히는 것도 없어 월 3만 몇 백 원 낸다. 그런데 그 3만 몇 백 원이라는 액수가 참 어중간했다. 2만 9천 원 미만이면 학비와 급식비 둘 다 감면이 되고, 4만 3천 원 미만이면 학비만 감면 되고 급식비는 다 내야 된다. 그런데 천 몇 백 원 차이로 급식비 감면이 안 되는 것이었다.

나 없는 동안 담임선생님은 아이들 호구조사를 다 마쳐놓고 있었다. 나는 규정대로 학비감면 대상으로만 분류를 해놓았다.

"저는 그럼 점심은 굶어야 되는군요……."

자존심이 상했지만 나는 그렇게 말하지 않을 수 없었다.

담임선생님은 내 사정이 딱해 기초수급대상자인지도 알아보고 한 부모 가정 자녀로 담임 추천까지 했지만 형편이 더 어려운 아이들이 많아 나는 자꾸만 뒤로 밀렸다. 그래도 나는 엄마가 있고 동생도 같이 살지만, 아예 부모 없이 할아버지 할머니하고 살거나 친척집에 얹혀사는 아이들이 많았다.

"어쩔 수 없지요, 제가 아르바이트 해서 급식비는 마련해볼게요."

담임선생님도 처지가 참 난처한 모양이었다.

"그래, 규성이 네가 이해해주어서 고맙다……. 우리 반 아이들이 원체 어려운 집안에서 학교에 다니는 이들이 많아서……."

우리 반 아이들만 형편이 어려운 것이 아니다. 공고 아이들 대부분이 어렵다. 중학교 때하곤 또 달랐다.

그래서 나는 꼬꼬큰닭치킨집에 배달원으로 취직하였다. 점심 급식이라도 내 돈 내고 먹으려고…….

"강 부장, 배달! 저기 사거리 오른쪽에 있는 세탁소 건물 알지? 거기 뒷집!"

가게에 들어서자마자 사장이 치킨 포장 꾸러미를 건네주며 배달을 지시했다. 미처 헬멧도 벗지 않은 상태에서 나는 다시 가게를 나와 오토바이에 올라탔다. 아직 열기가 식지 않은 오토바이에 시동을 걸었다.

나는 지금 꼬꼬큰닭치킨의 배달 부장이다. 그래서 강 부장이다. 부장이라는 직함이 말해주듯 다른 건 몰라도 배달만큼은 자신 있다. 더구나 이번 배달처럼 배달지가 확실한 곳은 더 쉽다. 번지가 복잡한 아파트 뒤 산동네도 지도만 보면 척척 찾아갈 수 있기는 하지만 지도를 보고 위치를 궁리하는 시간이 걸리는 건 어쩔 수 없다.

작년까지만 해도 내가 '배달의 기수'는 아니었다. 그때만 해도 꼬꼬큰닭치킨집 닭을 먹던 소비자였으니까. 그런데 1년 사이에 소비자에서 배달 부장으로 위치 이동을 했다.

평범한 학생이자 꼬꼬큰닭치킨의 소비자였던 내가 꼬꼬큰닭치킨의 배달 부장이 되었다는 건 내 삶이 송두리째 바뀌었다는 뜻이기도 하다. 중학생에서 공업고등학교 학생이 되었고, 아빠 대신 돈벌이를 해야 하는 한 집안의 가장으로 내 신분이 바뀌었다.

아빠가 교통사고를 당하지 않았다면 어떻게 되었을까? 나는 지금 아주 평범한 인문계 고등학생이 되어 있을 것이다. 아빠가 힘들게 노동일을 했지만 나는 아빠의 희망을 등에 짊어지고서 비교적 고이 자라는 아이였으니까. 모르긴 몰라도 아빠는 나를 대학 보낼 욕심에 인문계 고등학교로 진학시켰을 것이다.

"규성아, 아빠다! 오늘 뭐 사가지고 갈까?"

"꼬꼬큰닭치킨!"

아빠는 공사장에서 일을 끝내고 돌아올 땐 늘 집으로 전화를 해서 내게 간식거리를 물었다. 그러면 나는 그때마다 아주 당연하다는 듯이 꼬꼬큰닭치킨이 먹고 싶다고 했다. 그런데 이젠 그런 아빠가 없다. 그 대신 내가 꼬꼬큰닭치킨 집의 배달 부장이 되었다.

아빠는 힘든 티를 좀체 내지 않으셨다. 뭐든 긍정적으로 생각하는 성격이셨다. 나와 동생이 원하는 것이면 뭐든지 해주려고 애쓰셨다.

"너희들이 먹고 싶다는 건 뭐든지 먹게 해주는 게 아빠의 즐거움이야! 아빠는 어려서 먹고 싶은 것 못 먹고 자라 키도 크지 않았거든!"

엄마는 없는 살림에 걸핏하면 치킨까지 사다 먹으면 우린 언제 집 사느냐고 했다. 그러면서 아빠가 애들 입맛까지 버려놓는다고 눈을 흘겼지만 아빠는 먹고 싶을 때 먹는 게 제일 맛있는 거라며 우리 입을 늘 즐겁게 해주셨다.

"집이야 굳이 내 집에 살아야 할 필요 없잖아. 아무 데 살아도 이렇게 오순도순 잘 살 수 있는데, 뭐. 또 예로부터 자식 입에 먹을 것 들어가는 것하고 내 논에 물 들어가는 것 보는 것이 세상에서 가장 즐거운 일이라 했어!"

엄마가 눈을 흘길 때마다 아빠가 되풀이하는, 아빠의 어록 같은 말씀이다.

사고를 당하던 날은 일이 끝날 무렵이 되었는데도 아빠의 다정한 전화가 없었다. 그래도 그러려니 했다. 동생이랑 엄마랑 먼저 저녁을 먹고 설거지가 끝났는데도 아빠 전화는 없었다.

"웬일이지? 들어올 때가 지났는데……. 왜 이렇게 늦지?"

그러면서 엄마가 벽시계를 쳐다보았다. 작은바늘이 10자를 지나 있었다. 나는 아빠가 들어올 시간이 되었는데도 안 들어오시는 것보다 오늘 간식이 없다는 게 못내 아쉬웠다.

엄마가 아빠 휴대전화에 전화를 걸었다. 신호는 가는데 받지 않았다. 아빠가 전화를 안 받는다고 엄마가 투덜댔다. 그래도 그러려니 했다. 전화야 못 받을 수도 있으니까. 집 안의 고요함과 평화로움이 깨진 것은 바로 그 순간이었다. 전화 수화기를 놓자마자 바로 전화가 울린 것이다. 전화를 받은 엄마는 당황한 듯 목소리를 떨고 있었다.

"예? 어디라고요? 병……원……요?"

전화를 받다 말고 엄마가 제자리에 풀썩 주저앉았다.

나와 동생은 놀라 엄마를 쳐다보았다. 엄마가 어렵게 입술을 달싹거렸다.

"아빠가 교통사고를……."

엄마의 말이 미처 끝나기도 전에 나와 동생은 거의 동시에 소리를 질렀다.

"예? 뭐라고요?"

엄마가 아무런 말도 하지 못한 채 고개만 저었다.

"아빠 어느 병원에 있대요?"

엄마가 가까스로 한마디 했다.

"이미……."

아빠가 죽었다는 얘기였다. 믿을 수 없는 일이었다.

병원 측에서 아빠 휴대전화에 찍힌 전화번호로 다시 전화를 건 것이다. 아직 경찰의 신원조회가 끝나지 않아 연고자를 못 찾고 있었던 것이다.

아빠는 일터에서 일을 끝내고 동료들과 회식을 했다. 마침 술기운이 오른 동료들이 한 잔 더하자고 붙들었지만 아빠는 먼저 간다고 자리에서 일어났단다. 그런 뒤 아빠는 소식이 끊겼다.

아빠는 집에 다 이르렀을 때 꼬꼬큰닭치킨집을 들렀다. 여느 때처럼 양념 통닭 반 마리에 후라이드 반 마리를 섞어 샀다. 그리고 가게 문을 나섰다. 횡단보도의 파란 불빛이 깜박거리긴 했지만 충분히 건너 갈 수 있을 것 같아 뛰었다. 그런데 그때 막 신호를 무시한 오토바이 한 대가 쏜살같이 지나갔다. 아빠는 오토바이에 치이고 만 것이다. 아빠가 땅바닥에 뒹구는 사이 오토바이는 달아나버렸다.

근처 가게 사람들이 구급차를 불러 아빠가 병원에 도착했을 땐 이미 명줄이 오락가락하고 있었다. 뺑소니 친 오토바이의 목격자를 찾는다는 현수막이 횡단보도 한쪽에 한 달 넘게 걸려 있었지만 아무런 제보도 없었다.

아빠의 장례를 치르고 나자 앞으로 살길이 막막했다. 엄마가 식당으로 일을 나갔지만 벌이는 시원치 않았다. 제발이지 시간이 고장이라도 나서 다시 옛날로 돌아가 아빠의 죽음이 무효가 되었으면 좋겠다. 그러나 그럴 수 없는 일……. 그래서 나는 가장으로서 결심하지 않을 수 없었다.

"엄마, 나 공고 갈 거야. 아빠도 안 계신데 대학까지 갈 수 없잖아. 거기 가서 빨리 기술 배워 취직할 거야. 다니는 동안은 아르바이트하고!"

엄마는 눈물만 훔칠 뿐 뭐라고 말을 하지 못했다. 사실 집안 사정으로 보면 공업고등학교조차도 다니기 힘들었다.

공업고등학교는 인문계 고등학교와 달리 전공을 나누는 과가 있었다. 나는 통신과를 지원했다. 휴대전화 같은 것이 앞으로 더 진화할 것 같았다. 그래서 통신과에서 뭘 배우는지조차 따져보지 않고 막연히 이름만 보고 지원한 것이다.

"두고 봐, 10년 안에 강규성 핸드폰이 나올 거니까!"

나는 엄마와 동생 앞에서 애써 밝은 표정을 지으며 너스레를 떨었다. 아빠도 한 번도 죽는소리를 하지 않았다. 나도 아빠 성격을 닮긴 닮은 모양이었다.

꼬꼬큰닭치킨 배달 일은 나쁘지 않았다. 열여섯 살 전에는 오토바이 면허를 딸 수 없어서 처음엔 배달을 못 하고 가게 안에서 손님들 시중을 들었다. 그러다가 열여섯 살 생일이 지나자마자 바로 오토바이 면허를 따서 배달 일을 다니기 시작했다. 반 아이들 가운데 몇몇은 벌써 자기 오토바이도 있다. 나는 내 오토바이를 가질 형편이 못 된다. 하지만 가게 오토바이나마 실컷 몰 수 있어 좋았다. 바람을 가르며 씽씽 달리는 그 순간만은 모든 일을 잊을 수 있어 좋다. 아빠의 죽음도, 우울한 집안 분위기도, 고달픈 치킨집 일도, 재미없는 학교생활도 오토바이만 달리면 다 잊을 수 있었다. 그러나 엄마는 오토바이를 모는 내가 몹시 걱정되는 모양이었다.

"아빠가 오토바이 때문에 사고를 당했잖아. 너도 항상 조심해야 돼. 사람이 지나가는지 안 지나가는지 도로 잘 살피고, 너무 속도 내지 말고……."

아빠가 세상을 뜬 뒤 엄마는 한동안 오토바이 소리만 나도 얼굴이 굳어질 정도였다. 그러나 내게 오토바이를 모는 일을 당장 그만두라 할 수도 없어 걱정만 태산이시다.

차츰 꼬꼬큰닭치킨집 일이 몸에 배어들었다. 그러자 힘든 날엔 학교를 가기 싫었다. 그냥 이대로 일을 배워 일찍 돈벌이나 본격적으로 할까 하는 생각이 슬몃슬몃 일었다.

'학교 다니면서 아르바이트까지 하기는 너무 힘들어. 그냥 학교 그만두고 일찌감치 돈벌이나 할까 보다.'

나는 하루에도 몇 번씩 스스로에게 물었다. 학교를 그만두고 아예 돈벌이에 나설까, 학교 다니면서 아르바이트를 할까.

아이들 대부분이 학교가 파하면 아르바이트를 하는 처지라 정작 수업 시간에는 책상 위에 엎드려 잔다. 선생님들도 아이들의 사정을 다 아는지라 크게 신경을 쓰지 않는다. 어쩌다 선생님들한테 대드는 아이들만 조심할 뿐이다.

'증조할아버지는 나보다 더 어려서 장가도 들었잖아, 그렇다면…….'

나는 엉뚱하게도 기왕에 가장 노릇을 하려면 학교부터 때려치워야겠다는 생각이 들었다. 예전엔 내 나이보다 어린 사람이 가정을 이루기도 했는데 언제까지 이러고 살아야하나 싶었다. 그런 생각을 하자 학교에서 하는 모든 일이 다 시시해 보였다.

성교육 시간만 해도 그렇다. 이미 아이들은 인터넷을 통해 알 것은 다 안다. 그런 아이들한테 임신 · 수유 · 성병이 어쩌고 저쩌고 하는 비디오만 보여주고 있으니 아이들이 흥미를 갖겠는가. 나도 그 정도는 이미 중학교 때 다 알아버려서 흥미가 없다. 그러니 그쪽으로 더 발달한 아이들은 얼마나 시시하겠는가.

좌우지간 학교에서 하는 성교육은 한마디로 청소년은 성행위를 해서도 안 되고, 또 성에는 성폭력과 성병의 위험이 늘 도사리고 있으니 아예 그쪽은 쳐다보지도 말라는 식이다. 그런 걸 교육이라고 하니 아이들도 피식피식 웃고 교육하는 선생님도 눈 가리고 아웅 하는 식이라 곤혹스러워한다. 역설적이게도 아이들은 성교육을 받고 나면 되레 성폭행 놀이를 즐긴다. 역설도 이쯤이면 엽기 수준이다.

각 교과 공부는 또 어떤가? 아이들 누구도 관심을 갖지 않는다. 선생님 혼자서 원맨쇼를 하고 나간다. 그런 선생님이 되레 딱하다. 여선생님은 아이들을 잘 다루지 못하고 걸핏하면 울기까지 한다.

그러나 아이들은 누구도 선생님을 불쌍하게 여기거나 무서워하지 않는다. 선생님들이야말로 세상 물정 모르고 고상한 소리만 해대는 어른으로 여긴다.

나도 처음엔 그러면 안 된다는 생각을 했지만 공업고등학교 물을 먹다 보니 아이들하고 거의 같은 생각과 행동을 하게 되었다.

점심 먹고 자투리 시간을 죽이고 있는데 볼멘소리가 들렸다.

"아이고 지겨워! 차라리 아르바이트 시급 잘 챙겨 받는 요령 같은 거나 가르쳐주면 좋겠구먼. 꼰대들은 맨날 알아듣도 못하는 소리만 하는데 또 오후 수업 준비해야 돼? 학교를 점심 먹는 재미로 다니는 것도 아니고 말야."

학교가 끝나면 저녁 내내 주유소에서 기름총 쏘는 기동이가 투덜거렸다.

"누가 아니래! 으, 씨발. 학교고 지랄이고 다 때려치우고 살림이나 차려버려!"

기동이의 투덜거림에 맞장구치는 소리다. 요즘 한창 여자애 만나는 재미로 사는 학준이였다.

"얌마, 니가 뭔 돈으로 살림을 차리냐? 그리고 나이도 차야 살림이고 뭐고 차리지!"

기동이가 어이없다는 표정을 지으며 학준이 말을 받아쳤다.

"이 대목에서 돈은 무슨 얼어 죽을 소리냐. 우리 반 아이들 부모 꼬라지들 봐라. 뭐 부모들이 돈 있어서 결혼한 것 같냐? 그리고 나이는 무슨 상관이야. 조선시대에도 남자가 열다섯 살만 되면 장가 들 수 있었는데, 지금이라고 못 할 게 어디 있어?"

"어디서 조선시대 얘기는 들어가지고……. 저번에 성교육 시간에 안 배웠어? 민법인가 뭔가 하는 법에서 성인만 결혼할 수 있게 해놓았다잖아. 법으로 성인은 스무 살이 되어야 한다잖아."

"너는 하나는 알고 둘은 모르냐? 결혼은 열여덟 살이면 할 수 있다고 했잖아."

"하나는 알고 둘은 모르는 소리 지가 하고 있네. 그 나이 때 결혼하려면 반드시 부모 허락이 있어야 하는 거라 했거든!"

"그건 혼인신고 하고 사는 사람들 얘기지. 난 어차피 혼인신고 안 할 건데 나이가 뭔 상관이야? 그리고 내가 부모가 어디 있어?"

여기서 이야기는 멈추고 말았다.

아닌 게 아니라 혼인신고 안 하고 동거하면 되는데 나이가 무슨 상관이겠는가. 게다가 학준이는 부모 없이 친척집을 떠돌며 살고 있다. 그러니 어쩌면 살림을 차리는 게 더 안정된 생활을 할 수 있을지도 모른다. 둘은 언제 저렇게 괜찮은 정보를 쫙 꿰었느냐 싶게 제법 말이 되는 소리를 주고받더니, 둘 다 금세 시무룩한 모드로 진입했다. 말로야 무슨 소리인들 못 하겠는가…….

곧 오후 첫 수업이 시작되었다. 역시나 선생님은 떠들고 아이들은 대부분 책상 위에 엎드렸다. 식곤증이 몰려오는 시간이기도 하지만, 밤늦게까지 아르바이트를 하기 위해선 미리 잠을 자두어야 한다. 나도 책상 위에 엎드렸다.

선생님의 목소리를 자장가 삼아 어렴풋이 잠이 들었나 싶었는데, 아이들 떠드는 소리가 나서 눈을 떴다. 한 시간이 끝나 있었다.

아이들은 지난밤에 인터넷으로 야한 동영상을 본 이야기를 시끌벅적 떠들어 대고 있었다. 눈치코치 없이 무슨 말이든 자기 기분 내키는 대로 하는 준표 목소리가 가장 크게 들려왔다.

"야, 죽이더구먼!"

주영이가 시큰둥하게 대꾸했다. "뭐가?"

"뭐긴 뭐야. 일본 고등학생 야동 말이야."

"그까짓 거 가지고 뭘 그래?"

"너는 그런 것 봐도 아무렇지도 않아?"

"나는 이미 학습 다 끝났다."

"잘난 척하기는……."

준표가 머쓱해하며 자기 자리로 돌아가자 그런 쪽으로 타고난 머리를 가진 주영이가 혼자 씨부렁거렸다.

"춘향이하고 몽룡이는 이팔에 십육, 열여섯에 이미 야동 다 찍었어. 근데 요즘 애들이 걔들보다 못할 게 뭐 있어? 일본 애들 노는 것 좀 보고 호들갑 떨기는……."

내가 톡 한마디 던졌다.

"너는 그딴 걸 어떻게 알아?"

"내가 엎드려 잠만 자는 줄 알어? 들을 건 다 들으면서 잠도 자는 거야. 저번 국어 시간에 춘향전 배울 때 나왔잖아!"

주영이가 제법 으쓱해했다.

듣고 보니 그랬다. 춘향이와 몽룡이는 이미 조선시대에 야하게 놀았다. 사랑을 아예 놀이로 생각한 애들이다.

"하여간 개 눈엔 뭐만 보인다고, 잠만 자던 니가 그 대목에서 어떻게 잠을 깼냐?"

"선수는 기회를 절대로 놓치지 않는 법!"

주영이는 내 말이 자기를 치켜세워주는 걸로 알고 더 기고만장해서 춘향전에서 야한 대목을 손짓, 발짓, 몸짓까지 해가며 들려주었다. 아이들은 자신들이 본 야동하곤 비교도 되지 않는 주영이의 실제 상황 같은 재연에 혀를 내둘렀다. 별것을 다 알고 있는 주영이가 달리 보였다.

"야, 근데 살림 차리면 학교 짤릴까?"

학준이가 다시 자신의 문제를 꺼냈다.

"교칙대로 하면 당연히 짤리지! 그런데 예식 치르면서 소문내가며 살림 차릴 거 아니잖아? 조용히 살면 누가 알겠어!"

주영이가 명쾌하게 정리해주었다.

나는 고개를 끄덕였다. 역시 자기 분야가 확실한 주영이다운 발상이었다. 굳이 소문내고 살림 차릴 것 없는 일이었다.

'증조할머니와 증조할아버지야 우리보다 어린 나이에 결혼을 했지만 그땐 자랑스러운 일이었겠지. 근데 지금은 뜨거운 청춘을 학교에 다 잡아 가둬두고 있으니……. 히, 나도 그 나이에 결혼했으면 증조할머니한테 고손자를 안겨줄 수 있었을 텐데…….'

고등학교 다니면서 결혼도 하고 돈벌이도 하면 안 되나? 부모 없는 학준이 같은 애들도 가정을 이루면 훨씬 더 안정감 있게 살 수 있을 텐데…….

어쩌자고 조선시대보다 더 답답한 세상이 되었는지 모르겠다. 조선시대는 놔두고 증조할머니 때보다도 더 못해졌다. 아무래도 시간이 고장 난 모양이다. 그러지 않고서야 문명이 진화했다는 21세기의 우리들이 조선시대 아이들보다 못한 청춘을 보내야 되겠는가.

미래를 위해서 학교를 다니고 공부한다지만 대한민국의 공고생에게 미래가 열리면 얼마나 열리겠는가? 그냥 지금 피 끓을 때 할 수 있는 일이라도 해야 되지 않을까?

증조할머니처럼 한 세기 가까이 사는 사람도 있지만 아빠처럼 반세기도 못 사는 사람도 있다. 그렇다면 나의 명줄은 어디까지 이어져 있을까? 나뿐만 아니라 아이들도 그걸 안다면 재미없더라도 학교를 계속 다니든, 돈벌이에 본격적으로 나서든, 안정된 생활을 위해 살림을 차리든, 결정하기가 훨씬 쉬울 텐데…….

눈을 감는다

새벽 3시다.

지금 나는 어디에 있는가?

한강 다리 철제 난간 위에 누워 있다. 아니다. 하늘과 강물 사이에 있다. 아니다. 어둠 속에 있다. 세상은 온통 칠흑 같은 어둠이다. 가끔씩 자동차의 불빛이 번갯불처럼 지나간다. 그러나 잠시 빛이 지나간다고 어둠이 지워지는 건 아니다. 그 정도의 빛으로 한밤중의 어둠이 걷힐 수는 없다. 게다가 머물 새도 없이 사라지는 빛이 어둠을 이길 리도 없다.

눈을 감는다.

눈을 감으나 뜨나 어둡기는 마찬가지지만 지금 이 순간 눈

밖의 어둠만이라도 느끼기 싫어 눈을 감는 것이다. 그러나 내 감은 눈의 영사막엔 하늘과 강물 사이의 어둠보다도 더 짙은 어둠이 펼쳐진다.

어둠 밖으로 사라지고 싶다. 어둠 밖으로……. 그래서 지금 여기에 누워 있다.

지금까지 내게 어둠은 너무도 익숙한 것이다. 머리가 커진 뒤로는 쭉 어둠이 늘 나를 에워싸고 있었다. 지금 이곳 한밤중의 어둠보다도 더 짙은 색깔을 하고서. 이제 그 어둠을 뚫고 사라지고자 한다. 잠시 후 어둠 밖으로 나는 영영 사라질 것이다.

어둠을 만든 정체들이 감은 눈 속에 어른거린다. 나로 하여금, 한 줌의 빛이 만드는 보잘것없는 밝음조차도 누리지 못하도록 해버린 존재들. 그놈들, 그놈들. 나는 감은 눈 속의 영사막에 붙들려 신음한다. 아, 아…….

놈들 가운데 하나가 내 의자를 걷어찬다. 나는 '으악' 소리를 내며 바닥에 나자빠진다. 놈은 넘어진 나를 타고 앉아 낄낄거린다. 소름이 끼친다. 팔다리를 버둥대본다. 그럴수록 놈은 나를 더욱 짓누른다. 내 몸무게의 두 배 가까이나 됨직한 놈의 몸집은 거의 코끼리 수준이다. 그러니 나의 저항은 부질없다. 내 기운으로는 도저히 놈을 당해낼 수가 없다. 다른 아이들은 아무도 놈을 말리지 않는다. 도리어 재미있어 한다. 나는 다른 아이들이 놈을 거들며 함께 달려들지 않는 것만도 다행이라 여긴다.

그런데, 저놈이 나를 괴롭힐 이유가 없다. 그런데도 저항을 하지 못하는 내가 한심하다. 나는 왜 저놈한테 이렇게 당하고 있어야만 하는가? 영어 선생이던가? 어떤 문장을 독해하다가 인간은 기본적으로 저항 의지를 가지고 있다고 했던 사람이. 인간은 자연에 대해, 신에 대해, 권력에 대해 저항을 했기 때문에 진보할 수 있었다고 했다. 그렇다면 나는 결코 진보할 수 있는 인간이 아니다.

수업 시작종이 울린다. 그제야 나는 가까스로 놈의 압박에서 풀려난다. 억울하고 분하다. 그러나 어쩔 수 없다. 저놈은 우리 반 반장이다. 그러니 담임을 비롯한 선생들의 신뢰를 받고 있다. 게다가 힘도 세고 공부도 상위권이다. 집안도 좋다. 놈의 아버지는 군에서 별을 달고 퇴임한 뒤 정보기관의 최고위 간부를 맡고 있단다. 말하자면 힘 있는 자리의 실세인 것이다. 그에 비해 나는 출신 성분부터 초라하다. 아버지는 겨우 육군 상사를 지내고 그 이상 진급하지 못했다. 그나마 그것도 과했는지 결국엔 국방부가 불명예제대를 시키면서 상사 계급장마저 거두고 말았다. 게다가 나는 공부도 시원찮다. 그뿐인가. 왜소한 내 몸뚱이는 볼품도 없거니와 기운이라곤 숟가락이나 겨우 쳐들 정도밖에 있어 보이지 않는다.

놈은 말한다.

"짜식아, 너 같은 찌끄러기는 우리 반 수치야!"

내가 왜 '찌끄러기'이고, 반의 수치인지 모르겠다.

그러나 그놈이 나를 한 번 그렇게 규정해버리자 다른 아이들 모두 나를 그렇게 대한다. 나의 운명은 어이없게도 남이 정한 대로 굴러간다. 그런데도 나는, 어찌하지 못한다. 나는 작아질 대로 작아져 있다. 나는 튀지도 않지만, 그렇다고 문제아인 것도 아니다. 그저 있는 듯 없는 듯 조용히 지내는 학생이다. 그런데 아이들은 누구 하나 할 것 없이 나를 따돌린다.

새 학년으로 올라오자마자 교실에서 그놈의 지갑이 없어졌다. 아이들은 마치 자기 일이나 되는 것처럼 그놈 지갑을 찾느라고 법석을 떨었다. 그런데 그놈의 지갑이 내 책상 서랍 안에서 나왔다. 나는 그 지갑이 어떻게 해서 내 책상 서랍 안에 들어 있었는지 모른다. 쉬는 시간에 화장실에 다녀왔더니 아이들이 내 책상 서랍을 뒤지고 있었다. 나는 불쾌했다. 그러나 아무 소리 못 했다. 그때 누가 외쳤다.

"지갑 여기 있다!"

아이들은 대단한 전리품을 획득하기라도 한 것처럼 그놈 지갑을 만져보며 나를 심문했다. 그러나 나는 할 말이 없었다. 그

지갑이 어떻게 해서 내 책상 서랍에 들어 있었는지 도무지 이유를 알 수 없는데, 무슨 말을 할 수 있겠는가.

지갑을 찾긴 찾았는데, 그 지갑 안에 들어 있던 돈은 없어졌다고 했다. 용돈을 받은 지 얼마 안 돼 만 원짜리 지폐가 여러 장 들어 있었단다. 아이들은 모두 내가 그 돈을 들고 화장실에 가서 감춘게 아니냐고 말했다. 아이들의 추리력은 완벽했다. 나는 놀라 어이가 없었다. 그러나 내가 더 놀란 것은 그 액수였다. 적지 않은 액수를 용돈으로 받는다는 그 사실. 나는 고등학교에 들어온 뒤론 집에서 단 몇천 원이라도 용돈을 받은 기억이 없다.

학교가 파한 뒤 그놈은 지갑 찾은 기념으로 아이들을 몰고 통닭집으로 갔다. 내가 의아한 것은 돈을 잃어버렸다는 놈이 그새 돈이 어디서 났기에 적지 않은 통닭값을 치를 수 있느냐 하는 것이다.

며칠 뒤 반장 선거에서 그놈은 가뿐하게 반장 자리를 꿰찼다. 물론 그런 일이 없어도 나 같은 놈이 반장이 될 리는 없다. 나는 인물도 없고, 공부도 못하고, 운동도 못하고, 집안도 별 볼 일 없고, 사교력도 없다. 그래서 그놈은 나를 만만하게 보고 나를 희생양 삼아 아이들의 환심을 사고 반장이 되어버린 것이다. 맞다. 그놈은 여러 아이들 가운데 가장 왜소하고 궁기 흐르는 나를 희생양 삼기로 어느 순간 맘먹은 것이다. 그래서 의도적으로 나를 못살게 군 것이다. 다른 아이들은 덩치도 크고 힘도 마구 뽐내는 그놈이 다행히도 자신을 희생양 삼아 괴롭히지 않는 것에 안도하며 그놈이 하는 짓을 묵인 내지는 방조하였다. 아이들은 영리했다. 그놈의 속내를 재빨리 파악하다니. 그놈에게 희생양이 필요한 이유는 반장이 되고자 했기 때문이다. 반장에다 공부까지 적당히 하면 그 이력만으로도 갈 수 있는 대학이 있단다. 봉사 정신과 리더십이 뛰어난 학생을 뽑는단다. 세상 참 웃긴다.

그런 일이 있고서 그놈은 나를 노골적으로 괴롭혔다. 특히 아버지가 군에서 불명예제대를 했다는 걸 알고서부터는 더욱 기고만장한 것이다.

그놈은 자기 아버지가 별을 단 장군 출신이란 걸 대단한 자랑으로 여긴다. 그러면서 날 놀린다. 육군 상사 주제에 이적 행위를 해서 이등병 쫄따구 계급장 달고 쫓겨난 빨갱이 아들이라고. 그놈이 그렇게 설치게 된 건 최근에 아버지의 근황이 텔레비전 다큐멘터리에 방영된 뒤부터였다. 그 전엔 그놈은 물론 아이들 누구도 우리 집 사정까지 알지는 못했다. 그런데 광주 5 · 18광주민주화운동 기념 특집 프로그램에 〈늙은 군인의 노래〉라는 제목 아래, 진압 군인의 뒤틀린 인생 어쩌고저쩌고 하는 사연이 소개되었다. 그 바람에 정신을 놓아버린 아버지와 활기가 사라져버린 우리 집 사정이 전국적으로 노출되고 만 것이다.

5 · 18광주민주화운동에 진압군의 일원으로 투입된 아버지는 그날 이후 우울한 군 생활을 했다. 아무리 생각해도 자신의 행위가 정당성을 갖추기 어려워서였다. 그러다 그걸 털어버리려고 한 행동이 결정적으로 아버지를 몰락시키고 말았다. 더구나 그 여파가 나에게까지 미친 것이다. 지갑 사건과 방송 사건이 겹쳐, 나는 아주 우스운 꼴이 되고 말았다. 인생은 어쩌자고 이토록 엉뚱하게 비틀어져 뒤죽박죽인지 모르겠다.

아버지의 밭은기침 소리가 들린다. 이어 나를 부르는 소리가 들린다. 아버지는 제정신이 아니면서도 내 이름만큼은 정확히 부른다. 군대에서 하급자인 병사들의 관등 성명을 정확히 불러대던 버릇이 아직 남아 있는 것 같기도 하다. 그런데 내 이름을 정확히 부르는 때는 가래침 뱉고 싶을 때뿐이다. 내 이름이 불리면 나는 크게 대답을 한 뒤 얼른 깡통을 들고 안방으로 간다.

아버지가 깡통에 가래침을 캭, 하고 내뱉는다. 나는 깡통을 내려다본다. 더럽다거나 하는 어떤 느낌도 없다. 침을 다 뱉은 아버지가 마른나무 쓰러지듯 자리에 넘어진다. 이내 다리를 오므린 자세에서 눈을 감는다. 말려 올라간 잠옷 가랑이 사이로

빼빼 마른 아버지의 다리가 보인다. 말라빠진 북어 토막 같다. 눈을 감은 아버지는 이내 곧 잠이 든다.

아버지는 살아 있는 생명체가 아니다. 사람이 살아 있다는 것은 제 의지로 바깥출입을 한다는 것이다. 그런데 아버지는 군복을 벗은 뒤론 제 의지로 집을 나선 적이 없다. 병원에 갈 때도 들것에 실려 119 구급차를 타고 간다. 아버지는 집 밖은커녕 안방 밖으로조차 나올 생각을 않고 어제도 오늘도 잠옷으로 감싼 마른 북어 다리로 안방을 지키고 있을 따름이다.

저런 아버지가 대한민국 육군 상사 출신이란다. 대한민국 군인으로서 그야말로 현대사를 온몸으로 살았단다. 국토방위에만 충실해야 할 대한민국 육군 상사가 현대사를 온몸으로 살게 된 건 오로지 위에서 하는 명령에 충실히 따랐기 때문이다. 아버지는 공교롭게도 때마다 역사의 현장에 출동해야 했다. 역사의 물길을 크게 가른, 일천구백하고도 칠팔십 년대의 12 · 12니 5 · 18이니 하는 숫자로 지칭되는 역사적인 날에, 아버지는 언제나 명령에 따라 역사의 현장에 출동해야 했다. 그 결과 저런 몸이 되었단다.

나는 대한민국의 현대사는 잘 모른다. 다만 아버지가 군에서 불명예제대를 했다는, 아버지의 개인사만 알 뿐이다. 육군 상사인 아버지는 군대 말년에 군 수사기관과 정보기관에 번갈아 끌려가 말로 할 수 없는 수모와 고문을 당했다. 그런 뒤 상사 계급장을 떼고 이등병으로 강등되어 군문을 나서야 했다.

그렇다면 아버지는 군의 요주의 인물일 만큼 거물이었나?

맞다, 아니다. 맞다, 아니다.

군 내부의 하극상이 벌어진 12 · 12 때까지만 해도 아버지는 무덤덤했다. 그때까지만 해도 군 내부의 권력 다툼이었기 때문이란다. 그러나 5 · 18 이후부터는 안절부절못했다. 5월 광주는 영문도 모른 채 그야말로 군부 세력의 희생양이 되어야 했기 때문이었단다. 아버지는 늘 뭔가에 쫓기는 듯하며, 군인으로서 어쩔 수 없었지만 자신의 잘못을, 아니 불안을 털어놓고 홀가분해지고 싶다고 했다. 그런 말을 입에 달고 다니는지라 아버지는 군 안에서 요주의 인물이었다. 그래서, 맞다. 그러나 거물은 아니었다. 아버지는 누구도 주목하지 않을 상사 계급장을 단, 별 볼 일 없는 직업군인일 따름이었기 때문이다. 그래서, 아니다.

〈늙은 군인의 노래〉에 나오는 정도의 군인이었던 아버지. 그러나 늙은 군인의 말로는 허망했다. 허망함, 허망함이었다. 가수는 우리 아버지 같은 사람이 나올 걸 알고 일찌감치 이런 노래를 불렀을까?

나 태어나 이 강산에 군인이 되어
꽃 피고 눈 내리기 어언 삼십 년
무엇을 하였느냐 무엇을 바라느냐
나 죽어 이 흙 속에 묻히면 그만이지
아 다시 못 올 흘러간 내 청춘
푸른 옷에 실려 간 꽃다운 이내 청춘

맞다. 삼십 년을 군인으로 산 아버지다. 그런데 그간 무엇을 하고 무엇을 바랐는가? 정말이지 푸른 옷에 실려 간 꽃다운 청춘이다. 다시 못 올 흘러간 청춘이다. 아버지의 청춘이다. 아버지는 어쩌자고 하고 많은 직업 가운데 군인을 택했을까?

5월 광주는 전쟁이 난 것도 아닌데 일반 시민을 적으로 간주하며 이른바 '화려한 휴가' 작전을 펼쳐야 하는 전투 현장이었다. 작전대로, 무력으로 광주 시민을 짓밟은 뒤 군 수뇌부는 거의 다 높은 자리 하나씩을 꿰찼다. 계급장이 무거운 이들은 대통령도 되고 장관도 되고 국회의원도 되었다. 그런데 아버지는? 계급장이 너무 가벼웠나? 그렇다고 쫓겨날 이유는 없잖아? 하다못해 동네 통장이라도 해야 되는 것 아니었을까?

아버지는 학살의 현장에 투입된 게 두고두고 자신을 괴롭히자 어느 시민단체 모임에서 이른바 '양심 고백'을 하고 말았다.

자신은 광주 현지에 투입된 군의 일원으로서 희생자 앞에, 국민 앞에 사죄하노라고 해버린 것이다. 나아가 국민의 군대가 자국민을 향해 무력을 행사한 것은 군의 수치라고까지 해버렸다.

신앙심 깊은 종교인도 아니고, 정의감 불타오르는 투사도 아니고, 진리를 추구하는 학자도 아닌 아버지가 무슨 맘에 그런 고백을 해버렸는지 모른다. 고지식하기 짝이 없었던 아버지. 고백을 하더라도 제대하고 나중에 민간인 신분이 되었을 때 했으면 좀 좋았을까. 아버지는 그 고백으로 인해 연금은커녕, '늙은 군인'의 추레함만 안은 채 자신의 청춘과 일생을 바친 군문을 '이적 행위를 한 자'가 되어 나서야 했다.

아버지의 양심 고백은 두 갈래 반응을 일으켰다. 먼저 지휘관은 아니지만 역사의 현장에 있었던 현역 군인으로서 발휘한 대단한 용기에 감탄한다는 시민단체들의 반응이 있었다. 그러나 소영웅심에 군의 명예를 실추시키고 남북이 대치하고 있는 현실에서 적에게 이로운 행위를 했다는 해괴한 논리의 언론 반응도 즉각 터져 나왔다. 물론 호의적인 시민단체들의 반응이 곧 전체 시민의 의견은 아닐 것이다. 또 비판적인 언론의 반응 또한 전체 언론의 의견은 아닐 것이다. 문제는 군 내부의 결정이다. 군은 아버지를 이적 행위자로 간주하여 '긴급 체포'한 뒤 배후를 캐기 위한 수사를 명목으로 물리적, 정신적 압박을 가

해 반죽음 상태로 군에서 내쫓아버렸다.

아버지의 푸른 생애는 그렇게 해서 사라져버렸다. 아버지의 삶에서 대부분을 차지한 군대 생활이 지워져버린 것이다. 지워진 정도가 아니라 지저분한 오물로 덧칠까지 되어버렸다.

아버지는 이제 실물이 아니다. 사람 껍데기는 두르고 있지만 알맹이가 빠져나가버린 존재이다. 아버지를 아버지이게 하던 요소들이 다 사라져버린 것이다.

아버지가 히죽히죽 웃는다. 아버지가 짐승처럼 소리 지른다. 아버지가 벌레처럼 잔다. 저런 모습의 아버지는 낯설다. 익숙한 모습에서 멀리 벗어나버린 아버지.

아버지가 다시 나를 부른다. 내게 할 말이 있어서가 아니다. 아버지는 반복적으로 일어나는 일을 해결하기 위해 나를 부를 뿐이다. 목 언저리를 답답하게 막고 있는 가래침을 뱉기 위해서 나를 부른다. 신기한 것은 가래침을 아무 데나 뱉지 않는다는 것이다. 반드시 가래침 전용 깡통에다만 뱉는다. 그러나 그뿐이다. 아버지에게 나는 가래침 깡통을 갖다 턱 밑에 받쳐주는 존재일 뿐이다. 아버지는 나를 아들로 인식하지 않는다. 나는, 그래서 슬프다. 내게 아버지는 사라져버린 존재이다.

아버지가 사라져버리는 순간, 우리 집안도 사라져버렸다. 단란했다면 단란했던 집안이었다. 그러나 아버지가 집안 생계를 책임지지 못하는 순간, 모든 게 엉클어져버렸다. 어머니가 아는 사람이 하는 옷 가게 점원으로 가까스로 취직을 해 벌이를 하지만 그 벌이론 아버지 치료비도 빠듯하다. 그나마 좁아터진 집일망정 살고 있는 집까지 빼앗아 가지 않은 게 다행이라면 다행이었다. 그러나 어머니는 이 상태가 계속되면 집을 팔고 셋방살이를 해야 한다고 했다. 나와 어머니는 집을 지킬 방법이 없다…….

그런 와중에 나는 아이들 사이에서 '찌끄러기' 취급을 당하며 '따돌이'가 되고 말았다. 아이들은 나를 빨갱이 아들로 본다. 나는 어느새 이마빡에 빨간색이 칠해진 빨갱이가 된 것이다. 평생을 푸른 제복 속에 산 아버지가 이적 행위를 한 빨갱이가 되는 순간 아들까지 빨갱이가 되고 마는 현실. 나는 그 현실을 산다. 그러나 그건 사는 게 아니다. 아버지가 지금 살아 있다고 할 수 없듯이 나도 살아 있는 게 아니다.

점심시간 풍경이 보인다. 그놈이 내가 먹고 있는 식판에 자기가 먹고 남은 음식 찌꺼기를 내리붓는다. 나는 그걸 바라본다. 소리 지르지 못한다. 저항할 생각도 없다. 이미 나는 죽어 있기 때문이다. 아버지처럼 아무 의미 없는 소리를 질러봐야 뭐하겠는가. 가능하다면 아버지처럼 가래침이나 캭, 뱉고 싶다. 그놈의 상판대기에다가. 그러나 마음뿐이다. 놈은 아이들 가운데에서 실세다. 아이들 가운데에서만이 아니다. 이 학교 전체에서 실세이다. 그놈 아버지가 이 나라 안에서 늘 실세였듯이 그놈은 지금 이 학교 안에서 실세이다. 선생들조차 그놈을 어쩌지 못한다. 어쩌지 못하는 정도가 아니라 되레 그놈 편이다. 그놈의 아버지가 그토록 대단한 것이다.

절망이다. 아버지가 연금 한 푼 받지 못한 상태로 군에서 쫓겨나 정신까지 나가버렸을 때도 아주 절망하지는 않았다. 나는 또 내 몫의 인생을 살면 된다고 생각했기 때문이다. 그런데 내 의지와 상관없이 아버지 일이 아버지만으로 그치지 않고 나한테까지 대물림 되어버렸다.

나는 억울하다. 도대체 내 억울함의 바탕은 무엇인가? 아버지? 그놈? 사회? 학교? 아버지는 뒤늦게 무슨 생각이 들어 그랬는지 모르지만 어찌 됐든 본인이 하고 싶은 말이라도 하고 조직 밖으로 튕겨 나갔다. 그런데 나는 뭔가? 나는 특별히 양심고백을 할 일도 없고, 조직 밖으로 튕겨 나가야 할 까닭이 없다. 학교도 조직이라면 말이다. 그런데 너무나 쉽고 간단하게 나는 따돌림과 괴롭힘의 대상이 되고 말았다. 더욱 화가 나는 것은 그러는 아이들을 향해, 특히 그놈을 향해 뭐라고 그럴싸한 항변 한번 변변하게 하지 못한다는 사실이다. 나는 정말로 '찌끄러기'이다. 물론 아버지도 자신을 밀어내는 조직에 대해 변변

한 항의 한 번 하지 못했다. 자신의 양심을 괴롭히는 일에 대해선 뒤늦게나마 항변한 거나 마찬가지이지만 자신을 밀어낸 조직에 대해선 한 마디도 하지 못하고 밀려나고 만 것이다. 거기에 나는? 나는? 어떻게 된 거지? 혼란스럽기 짝이 없다.

나는 밥을 먹다 말고 식판을 들고 일어난다. 아버지의 가래침에 익숙해진 비위이지만 남이 먹다 만 음식 찌꺼기까지 한데 버무려 먹을 만큼 비위가 강하지 않다.

나는 운동장으로 나간다. 짱짱한 햇빛이 운동장을 가득 채우고 있다. 일찍 점심을 먹은 아이들이 운동장에서 놀고 있다. 공을 차기도 하고, 농구를 하기도 한다. 나는 그 어느 곳으로도 갈 곳이 없다. 짱짱한 햇빛조차도 내게는 어둠으로 느껴진다. 나는 하릴없이 아이들이 노는 모습만 바라본다. 아이들은 근심 걱정이 없어 보인다. 나는 화단 한쪽에 쭈그리고 앉아 하늘을 본다. 맑은 하늘이 참으로 막막하게 느껴진다. 내 가슴속에 저 맑음을 담을 수가 없어서이다. 어느새 나는 나도 모르게 어둠을 닮아 있다.

역사의 강물은 흘러, 서로 끌고 밀며 대통령 자리며 장관 자리를 번갈아 하던 군인들이 물러나고 민간인이 대통령이 되었다. 물론 누가 대통령이 되던 아버지는 이미 새 역사의 흐름은 느끼지 못한다. 현대사를 온몸으로 산 아버지이지만 아버지는 이제 역사의 물길에서 엉뚱한 곳으로 튕겨져 나간 '찌끄러기'가 되고 만 것이다.

민간인이 대통령이 되었다고 사회가 갑자기 바뀌지 않는다. 여기에 걸맞게, 사회 선생은 아직 대한민국은 자유를 누리기에는 이르다고 했다. 북쪽에 엄연히 적대 세력이 존재하므로 누가 대통령이 되었든 안보를 소홀히 하면 대한민국은 파멸한다고 했다.

"대한민국은 언제든지 전쟁이 다시 벌어질 수 있는 휴전 국가입니다. 종전이 된 게 아니란 말입니다. 이런 때일수록 안보를 강화하고 미국과 더욱 긴밀한 협조 관계를 유지해야 됩니다. 그리고 민간인이 대통령이 되었다고 군을 매도하면 안 되지요. 역사적 맥락에서 볼 때 우리가 이 정도 사는 것은 세계에서 유례가 없을 정도로 애국심이 강하고 정예화된 군이 있어서입니다."

사회 선생이 입에 거품을 물 정도로 군 예찬론을 펼치자 그놈이 으쓱해하며 엄지손가락을 치켜세운 뒤 교실 전체를 쓱 돌아본다. 많은 아이들이 그 모습을 보고 고개를 끄덕인다. 사회 선생의 말을 긍정하는 것이다. 그놈의 위치를 인정하는 것이다. 그는 장군 출신 아버지 덕에 아이들 사회에서도 그 힘을 등에 업고 지낸다.

그런데 나는? 아버지도 군 출신 아닌가? 그런데 나는 왜 몰락해야 하는가? 물론 몰락하고 말 것도 없는 존재인지 모른다. 그렇다 하더라도 내가 속한 조직에서 왜 부당한 꼴을 당해야 하는가. 그러고도 왜 끽 소리조차 내지 못하는가?

사회 시간 내내 멍하니 앉아 있는 나. 사회 선생은 근대화와 민주화에 대해 입에 거품을 물고 말한다.

"역사는 결국 앞에서 이끄는 선도층이 강력한 지도력을 발휘할 때 앞으로 나아갑니다. 그러지 않으면 사회는 혼란에 빠집니다. 대한민국은 선도층 역할을 군이 했습니다. 대한민국 군은 높은 교육 수준과 질서정연한 체제를 갖추고 있습니다. 세계 어디에서도 군이 이 정도의 엘리트 계층을 형성한 곳은 드뭅니다. 여러분은 그걸 똑바로 인식하고 공부에 열중해야 합니다. 민주화, 민주화 해대는데 대한민국 민주화는 어디까지나 군이 이끌어왔다고 봅니다. 군이 없었으면 대한민국은 민주화는 커녕 벌써 공산화가 되었을 것입니다. 그런데 그런 것도 모르고 일부 몰지각한 시민과 대학생들은 군을 적대시합니다. 심지어는 이런 분위기에 편승하여 군 내부에서조차 군을 모독하는 발언을 서슴지 않습니다. 이런 게 민주화가 아닙니다."

사회 선생은 어느 선거 유세장에서나 할 만한 발언들을 마구 쏟아낸다. 아이들은 별 감동 없이 무덤덤하게 듣고 있다. 그러나 어느새 사회 선생의 말에 세뇌가 되고 있을 것이다. 어쩌면 지난 초중등학교 때부터 숱하게 들은 소리라 이미 세뇌가 되어 있고, 다시 확인하는 정도일지도 모른다. 유세장 청중들도 후보자가 자기주장을 하면 '또 뻔한 소리 하는구먼' 하면서도 어느새 세뇌된다고 하지 않는가. 그래서 선동가들은 뻔한 소리를 하고 또 하며 계속 되풀이하여 자신들이 주장하는 말을 사람들이 아주 당연한 것으로 여기게 한다지 않는가.

지겹다. 역사고 민주화고 나발이고 다 지겹다. 다만 우리 집안이 예전처럼 아무 일 없이 살게만 되었으면 좋겠다. 그리고 내 학교생활도 엉망으로 뒤엉키지만 않으면 좋겠다. 그런데 그 정도의 일상이 어렵다. 그래서 내겐 이런 상황이 비상 상황이다. 비상 상황은 사람을 미치게 한다. 그간 우리 현대사도 늘 비상 상황이었단다. 그런 상황이어야 통치자들이 국민을 다루기 쉬우니까 말이다. 아버지는 그 비상 상황을 명령에 살고 명령에 죽는 군인으로 지내지 않았는가. 그런데 왜 그 비상 상황을 탈출하려 했는가? 아버지가 아버지의 비상 상황을 벗어남으로써 이제 집안이 비상 상황이 되고 말았다. 물론 아버지 자신은 그런 사실조차도 인식 못 하는 초비상 상태에 빠지고 말았다. 도대체 아버지는 생각이 있었던가, 없었던가?

나는 엎드린다. 더 이상 사회 선생의 설교를 들을 인내심이 없어서이다. 내 머리통 위로 분필 조각이 날아든다. 그럼에도 나는 일어나지 않는다. 뒤통수가 근지럽다. 그제야 고개를 들어 본다. 어느새 사회 선생이 내 자리에 와서 나를 내려다본다. 째려본다. 나는 하품을 한다. 사회 선생이 내 뒤통수를 한 대 친다. 나는 가만히 맞는다. 아이들이 나를 힐끗힐끗 쳐다본다. 사회 선생의 손은 맵다. 아이들은 자세를 바로 한다. 나는 일어나 교실 밖으로 나가고 싶다. 그러나 그러지 못한다. 하필 그때 아버지의 가래침 뱉는 소리가 귀에 들린다. 나는 이적 행위를 한, 반국가적인 낙오 군인의 아들이다. 그래서 학교에서조차 무시를 당한다. 할 수 없다. 그게 내 운명이다.

집으로 돌아왔는데 아버지가 가래침을 뱉다 말고 각혈을 한다. 시커먼 피를 마구 쏟아낸다. 119를 불러야 하나, 어머니를 불러야 하나. 나는 잠시 상황 판단을 해보려 했으나 이내 둘 다 그만두었다. 피를 다 토한 아버지가 언제 그랬냐는 듯이 다시 자리에 누워 잠이 들었기 때문이다. 잠을 자는 건지, 반쯤 죽어 있는 건지 그건 모른다. 여하튼 아버지는 누워 지낸다. 말이라곤 내 이름을 부르는 것뿐이다. 하긴 뭐 외아들인 나 말고는 이 집안에서는 부를 이도 없다.

대한민국 군인의 모습이 영 품위가 없다. 그렇다고 생각하니 다시 〈늙은 군인의 노래〉가 들린다.

아들아 내 딸들아 서러워 마라
너희들은 자랑스런 군인의 아들이다
좋은 옷 입고프냐 맛난 것 먹고프냐
아서라 말아라 군인 아들 너로다
아 다시 못 올 흘러간 내 청춘
푸른 옷에 실려 간 꽃다운 이내 청춘

서러워할 것도 없다. 자랑스러울 것도 없다. 좋은 옷 입고픈 것도 없다. 맛난 것 먹고픈 것도 없다. 군인의 아들 내세울 것도 없다. 그런데 어쩌자고 아버지는 다시 못 올 청춘을 푸른 옷에 실려 보냈던고. 그 많은 세상 직업 다 두고 왜 하필이면 군인이 되었을까? 군인이 되었으면 끝까지 자기 자신의 행위와 처지를 애써 합리화하며 잘 견딜 일이지 왜 못 견디고 '사고'를 친 것일까?

여러 풍경이 지나가는 사이, 오후 수업 시작종이 울린다. 나는 도살장에 끌려가는 소 같은 기분이 되어 교실에 들어간다. 이미 제자리에 앉아 수업 준비를 하고 있는 아이들. 교실에 들어서는 나를 잠깐 동안 쳐다본다. 분위기가 썰렁하다. 그러든 말든 나는 내 자리에 가 앉는다. 이런! 내 책가방이 없다. 책상 아래를 내려다본다. 없다. 교실 뒤쪽 사물함 쪽에 가본다. 없다.

이러는 동안 아이들은 안 보는 척하면서 나를 본다. 왜 이런 장난을? 나는 아이들을 둘러본다. 뜻밖에도 내 눈초리가 매서웠나 보다. 나랑 눈이 마주친 녀석이 먼저 눈을 내리깐다.

양 옆구리에 손을 갖다 대고 두 발 떡 버티고 서서 아이들을 향해 이렇게 확 소리 지르고 싶다.

'야이, 씨! 누가 내 가방 숨겼어!'

그러나 나는 소리 지르지 못한다. 이미 아이들은 나를 골탕 먹이려고 마음을 먹었는데 내가 소리 지른다고 순순히 가방을 찾아 내놓겠는가. 어인 일인지 실실 웃음이 나왔다. 차라리 잘된 것 같았다. 하기 싫은 공부, 아이들이 알아서 못 하게 해주는 것 같다.

오후 첫 수업 시간은 국어 시간이다. 국어 선생은 자기 혼자 떠들다 나가는 형이라 아이들이 공부를 하든 잠을 자든 간섭을 하지 않는다. 자료가 필요한 단원은 학원에서 정리한 것 가지고 알아서 하라고 한다. 아이들 과외 현실을 너무 잘 아는 것인지, 담당 교사로서 무책임한 것인지 모르겠다. 나야 뭐 학원에도 다니지 못하므로 무슨 자료가 어떻게 정리되어 있는지도 모른다.

역시나 국어 선생은 혼자서 책을 읽어 내려가며 설명을 한다.

언어는 사고의 집이란 말을 두고볼 때, 인간과 동물의 차이를 규정짓는 언어 행위는 단순한 의사소통의 매개만이 아니라, 어쩌고저쩌고…….

들어도 무슨 말인지도 모르겠고, 흥미를 끌지도 않는다. 아이들은 고개를 처박고 열심히 뭔가를 끼적인다. 그러나 이런 공부가 무슨 소용이랴. 어차피 아이들은 공부 따로, 행동 따로이다. 교과서 속에서야 공자님 말씀 맹자님 말씀을 배우지만 아이들은 결코 배운 대로 하지 않는다. 그런 걸 배우는 것은 그저 시험을 위해서일 뿐이다. 배운 대로, 아니 가르친 대로 하지 않는 건 선생들도 마찬가지이다. 그들도 오로지 시험을 위해서만 바른 답을, 바르다고 인정할 만한 답을 가르칠 뿐이다.

언어가 사고의 집이라……. 좀 색다른 말로 들린다. 그러나 그런 말에 신경 쓸 까닭이 없다. 나는 지금 책도 펴놓지 않고 국어 수업을 받는 중이다. 책은 펴놓지 않았지만 생각은 열심히 하고 있는 중이다. 그렇다면 내가 하는 생각은 어떻게 형성되는가? 국어 선생의 말마따나 언어를 가지고 하는가? 그러고 말 것도 없다. 어느 순간 나는 멍해졌으니까. 생각을 하고 말 것도 없이 멍한 상태로 그냥 앉아 있다. 나는 죽어 있는 것이다.

오후 수업이 다 끝나도록 아이들은 끝내 내 가방을 가져다주지 않았다. 나 역시 가방을 찾지 않았다. 아이들은 어쩌자고 나를 이토록 철저히 따돌리는가? 나는 이 상황을 이해할 수 없다.

청소 시간이다.

그놈이 어디서 내 가방을 가져와 빗자루를 들고 서 있는 내 앞에 버티고 서더니, 가방을 내 발밑에다가 툭 던졌다. 나는 할 말이 떠오르지 않았다. 가방을 찾아주어서 고맙다고 해야 할지, 어디다 감춰놓았다가 이제야 가져오느냐고 해야 할지 알 수 없었다. 그저 가래침이나 캭, 하고 뱉어주고 싶었다. 그놈 낯바닥은 물론 내 책가방에까지. 그러나 그러지 못했다. 나는 매사에 움츠러들 대로 움츠러들어서 감히 그런 행위를 할 수 없다. 학기 초에 있었던 지갑 사건이 떠올랐다. 이놈은 처음부터 자기 자리를 단단히 만들기 위해 나를 찍었다. 그래서 기회만 있으면 나를 괴롭힌다. 희생양. 힘 있는 놈들은 반드시 누군가를 찍어 누르며 자신의 자리를 잡고, 그 과정에서 정당성까지 확보한다. 그런 면에서 이놈은 타고난 능력을 갖추었다. 아마도 아버지가 장군 출신이라 일찌감치 보고 배운 게 많아 그렇게 할 수 있었는지도 모르겠다. 그렇다면 될 놈은 애초에 집안부터 정해져 있는 것이다.

나는 절망한다. 나는 이미 글렀다. 아버지 덕을 보기는커녕 아버지조차 내게는 짐이다. 아주 무거운 짐이다. 육군 상사, 아니 이등병 출신의 아들인 나는 이미 사회의 '찌끄러기'로 규정되어버렸다. 내 운명은 내 의지와 상관없이 이미 결정나버렸다.

아버지가 '양심 고백'인가 뭔가를 한 그 순간에 이미.

아직 훤한 대낮인데도 앞뒤가 다 캄캄한 어둠 속에 갇혀 있는 것처럼 느껴졌다. 매사에 무기력한 내 모습. 참 못마땅하다. 나는 점점 더 망가져간다. 이대로는 어떤 식으로 해도 대학 진학을 하지 못한다. 설령 대학을 간다하더라도 다닐 경제적 형편도 되지 못한다. 사방을 둘러보아도 암담할 뿐이다. 그렇다면, 이 어둠 속에서 어떻게 빠져 나가야 할 것인가. 어떻게 해야 더 망가지지 않을 것인가. 내가, 내가, 내가…….

나는 가방을, 가래침이라도 뱉어주고 싶던 가방을 챙겨 들었다. 이어 사물함에 들어 있는 잡동사니를 다 끄집어내어 챙겼다. 갑자기 그놈이 얼떨떨한 표정을 지었다. 낯바닥을 한 대 갈겨주고 싶은 충동을 느꼈다. 그러나 그런 식으로 내 자신을 더 망가뜨리고 싶지 않아 꾹 참았다. 사실은 그럴 힘조차 내겐 없다. 그놈을 보고 겨우 한마디 던졌을 뿐이었다.

"잘 먹고 잘 살아라……."

아직 청소며 종례가 덜 끝난 학교를 벗어났다. 일단 집으로 갔다. 집에 들어서자마자 아버지가 기다렸다는 듯이 나를 불렀다. 반복적인 일을 무심코 했다. 아버지가 되레 부러웠다. 제정신을 놓아버려서 아픔도 막막함도 못 느낀다. 아버지는 말이라곤, 언어 비슷한 것이라곤 내 이름밖에 기억하지 못한다. 그렇다면 국어 시간에 들은 대로라면 사고의 집인 언어가 없으므로 좋은 생각이든 괴로운 생각이든 할 필요가 없다. 그러니 아버지는 차라리 행복하다. 생각 없이 살 수 있다는 것. 그것은 이미 살아 있는 게 아니다. 그러나 때로는 생각을 하며 사는 게 별 의미가 없기도 하다. 그래서 나는 한강으로 간다.

내가 지금 있는 곳은 강의 이쪽과 저쪽을 이어주는 한강 다리이다. 다리는 이쪽과 저쪽을 이어주기만 하는 게 아니다. 어떤 사람들에게 다리는 하늘과 땅도 이어준다. 그래서 한강 다리의 아치형 난간에는 미끄러운 기름이 먹여져 있다. 이어 뾰족한 쇠못이 박혀 있다. 하늘로 가고 싶은 사람들을 그 난간 위에 오르지 못하게 하려고 그런 것이다. 그런데도 일 년에 그리 올라가는 사람이 적지 않다. 세상의 어둠을 벗어나 아예 어둠조차도 못 느끼는 더 어두운 세계로, 아니 어둠 밖의 세계로 가고 싶은 사람들이다. 이 정도 보호 장치는, 아니 방해물은 그곳을 오르려는 사람에겐 그다지 장애가 되지 않는다. 기름이고 쇠못이고 모두 피하면서 어렵지 않게 올라 갈 수 있다. 그렇다면, 저걸 장치한 사람들은 무슨 생각을 하고 저런 걸 보호 장치라고, 혹은 방해물이라고 설치해놓았을까? 어둠을 벗어나 하늘로 올라가버리고 싶은 영혼의 절박함이 저 정도 설치물 앞에서 무더질 것이라고 생각했을까? 그럴 수도 있겠다 싶었다. 그들은 인생의 절박함이 뭔지 모르기에 저런 걸 설치했을 테니까. 나는 지금 상당히 너그러워져 있다.

나는 나를 설득하고 싶지 않다. 내겐 눈부신 태양이 없다. 밝은 미래가 없다. 내 운명은 이미 결정나버렸다. 그렇다고 그럴싸한 미사여구를 동원해서라도 삶의 중요성을 강조해주는 이도 없다. 어차피 나는 출신 성분부터 '찌끄러기'과이다. 어느 누가 이런 나를 무슨 애정이 있어 설득할 것인가. 나부터도 나를 설득하고 싶지 않은데 말이다. 어쩌면 나는 이대로 내가 더 망가지고 짓밟히는 게 싫은지도 모른다. 그래서 이쯤에서라도 정말로 나를 보호하고 싶었는지도 모른다. 그래서 사실은 나를 진정으로 보호하여 더 망가지지 않도록 하기 위해 이 한강 다리까지 온 것이다. 나를 보호할 수 있는 유일한 방법은 내 의지로 할 수 있는 것을 하는 것뿐이다. 지금 내 의지로 할 수 있는 것은? 여기까지 이렇게 내 발로 올라와 있는 것이다.

새벽 3시다.

나는 나의 어둠 탈출이 많은 사람의 비웃음을 살 것이라는 것을 안다. 그러나 그런 사람들은 내가 무기력하게 사는 꼴을 보고도 어차피 비웃을 사람들이다. 내가 무슨 일을 당하든 자기들하곤 아무 상관없는 일이니까. 그럼 이미 봉사의 미덕에다 리더십의 능력으로 대학 문 앞에 많이 근접해 있는 그놈은 어떨까? 처음부터 내가 자기 경쟁자는 아니었으니까 환호하며 손뼉 칠 것까지는 없겠지. 그렇다고 나를 괴롭혔던 제 행위에 대해 돌아보지도 않겠지. 그놈은 자기보다 약하고 보잘것없는 이를 희생양 삼아 세상을 좀 편하게 살고 싶은 것만이 목표이니, 필요하다면 또 다른 희생양을 찾아 잘 살겠지. 나는 그런 놈이 잘 사는 세상도 싫다.

나는 가족 때문에 어둠 탈출을 멈춰야 하는 가장도 아니다. 오히려 가족 때문에 어둠 탈출을 재촉해야 한다. 우리 가족은 이미 빛을 잃었다. 살면 살수록 어둠 속으로 더 끌려들어간다. 아버지는 그런 사실조차도 인식할 수준이 못된다. 어머니는 그럴 겨를도 없다. 그렇다면 어둠 탈출을 할 수 있는 능력을 가진 이는 나밖에 없다. 이것도 능력이라면 말이다.

눈을 감는다.

다시 지난 세월의 많은 모습들이 눈꺼풀 안의 영사막에 맺힌다. 애써 모든 것을 기억 밖으로 밀어낸다. 정말로 어둠 속을 뚫고 어둠 밖으로 나가기 위해 내 기억의 무게까지 가볍게 할 필요가 있다.

잠시 후 내 몸을 받는 한강 물이 아주 짧은 순간 첨벙 소리를 낼 것이다. 그러나 이내 곧 아무런 일도 일어나지 않은 것처럼 아무런 흔적도 없을 것이다. 다만 몇몇 사람들은, 사실 나를 잘 알지도 못하는 그 사람들은 엉뚱하게도 내 뒤처리를 하느라 좀 수고스러울 것이다. 그러나 그뿐일 것이다. 나는 스무 날도 살지 못하고 세상을 등지는 매미의 절규만큼의 흔적도 남기지 못했으므로.

아버지는? 내 이름을 몇 번 더 부르겠지. 정신을 놓았어도 평생 병사들 이름 부르던 습관은 놓지 못했으므로.

그러나 나는,

이제 나 대신 나로 여겨지던 내 이름조차 놓아버린다.

너는 깊다

저녁 시간 동안 소란스럽기 짝이 없던 분위기는 이내 간 데 없고 교실은 동굴처럼 깊은 침묵 속으로 빠져들었다. 어쩌다 누가 잔기침이라도 하면 동굴 속의 울림같이 커서 몹시 거슬린다. 모두들 책상에 코를 박고 있다. 코를 박지 않고 얼굴을 빳빳이 들고 있다 하더라도 하나의 이미지로밖에 떠오르지 않을 표정을 지닌 아이들. 어쩌면 표정이 없다고 해야 맞는 말일 것이다. 아이들의 구부린 등짝 위로 형광등 불빛이 맥없이 쏟아진다. 불빛마저 조용하다. 모든 게 정물이 되어버린 교실 풍경이다.

나는 눈앞에 펼쳐진 풍경을 무심히 바라보았다. 모두들 모이판에 머리를 박고 모이를 쪼아대는 닭 같다. 한 알이라도 더 집어삼키려는 닭. 아무 생각 없이 때 되면 모이 먹고, 때 되면 알을 까는 닭. 아, 그러나 요즘은 알을 까는 닭도 많지 않다지. 그렇다면, 때 되면 닭고기 가공장으로 실려 가는 비육계들이라고나 할까. 저들 모두 다 비육계 같다. 모두들 차디찬 형광등 불빛 아래에서 잠을 쫓으며 저마다의 살을 찌워야 하는 비육계 같은 아이들. 그러다 대학 입학시험날이 되면 시험장으로 실려가 제가끔 계측기에 올라 자기 점수를 받아야 하는.

국어 문제집을 펼쳤다가 덮고, 수학 시험지를 꺼냈다가 다시 가방 속에 쑤셔 넣어버렸다. 영어책을 봐야 하나? 그러나 고개를 저었다. 여느 때와 마찬가지로 도무지 공부를 할 기분이 나지 않았다.

연습장을 펼쳤다. 그림이나 그려야겠다고 생각한 것이다. 그러나 되는 대로 한 컷을 그린 뒤 이내 곧 연습장마저 덮어버렸다. 그림 그리는 일도 시들해서였다. 나는 주로 인물의 특징을 잡아 주요 이미지를 표현하는 그림을 그리는데, 요즘은 딱히 모델로 삼을 만한 대상이 없다. 아니다. 새로운 대상이 생기기는 했다. 새로 온 원어민 영어 교사. 그녀가 요즘 내 연습장 그림의 주요 등장인물이다. 그러나 아주 가까이서 좀 더 자세히 얼굴을 들여다보거나 이야기를 나눠본 적이 없어 그녀의 속내까지 그림으로 표현하기는 어렵다. 사실은 그래서 시들해졌는지도 모른다. 아직 손에 다 잡히지 않은 그녀. 뭔가 더 명쾌한 이미지로 정리되지 않은 그녀.

연습장을 탁 덮었더니 표지의 그림이 내 시선을 붙들었다. 머리를 곱게 땋아 내린 어린 여자아이가 언니뻘 되는 소녀의 목에 두 팔을 걸고 매달린 자세로 그 소녀의 볼에 입을 맞추고 있는 그림이다. 그림을 들여다보고 있자니 가슴이 팔딱거리고 입안이 마른다. 이런 그림을 처음 본 것도 아니다. 어떤 연습장 표지 그림은 이보다 더 노골적이거나 환상적이다. 어찌 보면 이 그림 속 두 소녀는 예쁜 동화 주인공 같은 모습이다. 그런데 지금 내게는 바로 내 마음을 나타내는 그림으로 보인다. 나는 어린 여자아이이고 소녀는 그녀이다. 내가 매달리는 그녀. 내게도, 매달리고 싶은 그녀가 있는 것이다.

볼에 입맞춤을 받아주는 소녀의 여유. 그녀도 저런 여유로운 자세로 날 대할 수 있을까? 아무튼 나는 그녀의 기분이나 의사와는 아무런 상관없이 막무가내로 그녀에게 매달린다. 지금 이 시간에도 그녀가 궁금하다. 그녀는 이러는 나를 모를 것이다. 야간 자습 당번 선생님 말고는 다들 퇴근하고 없을 시간이다. 그녀 역시 퇴근했을 것이다. 이 시간까지 어학실에 남아 있을 까닭이 없다. 그런데도 자꾸만 어학실에 앉아 있을 것 같은 그녀가 떠오른다.

부스럭거리며 책장을 넘기는 아이들, 사각사각 연필로 뭔가를 끼적이는 아이들, 또각또각 볼펜 끝을 누르며 달칵거리는 아이들, 그런 아이들 속에 섞여 있는 나는 분명 이단아다. 나는 이방인이다. 나는 이 교실에 어울릴 만한 풍경이 아니다. 나라는 존재는 고3 교실 분위기엔 어울리지 않는 낯선 풍경이다. 그럼에도 나는 이 교실을 스스로 버리지 못한다. 그녀를 처음 만난 곳이 바로 이 교실이기 때문이다.

이 교실은 그녀와 내가 만난 곳이기에 의미가 있다. 다른 아이들이 어떤 모습으로 앉아 있든, 다른 아이들에게 어떤 추억이 서려 있든 그런 건 나와 상관없다. 이 교실은 오로지 그녀가 있어 내게 의미 있는 장소가 되었을 뿐이다. 물론 다른 아이들도 이 교실에서 그녀를 처음 만났다. 그러나 그녀가 다른 아이들한테 어떤 느낌을 주었든 그건 나와 상관없다. 오로지 내가 받은 느낌, 그게 중요할 뿐이다.

3학년에 올라온 지 얼마 안 된 날이었다. 긴 생머리의 그녀가 출석부와 영어 교재를 가슴에 살포시 안고서 교실로 들어섰다. 미리 돈 소문으로 원어민 영어 교사로 오는 이가 젊은 여선생인 줄 알고는 있었지만 그녀는 교사라기보다는 전형적인 여대생 모습이었다. 그녀가 모습을 드러내는 순간, 많은 아이들이 탄성을 냈다. 그러나 나는 탄성을 내지 못했다. 그녀를 보자마자 나도 모르게 숨이 탁 막혀버렸기 때문이다. 그녀는 나를 숨 막히게 했다. 숨이 막혔다……. 여자인 내가 여자를 보고서……. 전혀 예상치 못한 일이었다.

혀에 버터를 바른 듯이 매끈하고 기름기 나는 유창한 아메리카 본토 발음이 내 숨을 막히게 한 것이 아니다. 그녀가 처음 교실에 들어서는 모습을 보는 순간 내 숨이 절로 막힌 것이다. 사실 그녀는 예쁘기보다는 멋졌다. 얼굴은 조선인이지만 아메리카 말을 하며 아메리카 식의 몸짓을 한다. 이국적이지만 이국적이지 않은 외모. 여자이지만 예쁘기만 한 여자도 아닌 그녀. 생긴 그대로가 어색하지 않은 중성적인 그녀. 그녀는 그대로 충분히 멋졌다. 원어민 영어 교사라는, 다소 낯선 존재로 다가선 그녀.

그녀를 바라보면 바라볼수록 이제 그녀만을 그려야 한다는 생각에 사로잡혔다. 무엇보다도 하나의 이미지로 규정해버릴 수 없는 그녀의 다양한 모습을 내 연습장에 담고 싶었다. 아니다, 내가 그녀를 보자마자 왜 숨이 막혔는지를 그림으로 그려 표현하고 싶었다. 말로는 도무지 할 수 없는 그것. 그것을 바로 그림으로 그려보고 싶었다. 그런데 그게 뭔지 잘 잡히지 않는다. 그래서 그녀를 접해보아야 한다. 좀 더 가까이서.

이런 지방 소도시 학교에 원어민 영어 교사가 오다니! 아이들은 그것만으로도 흥분했다. 그런데 원어민 영어 교사가 오면 갑자기 영어를 잘하게 되나? 나는 속으로 콧방귀를 뀌었다. 원어민 영어 교사가 없어서 영어를 못한 것이라면 국어는 왜 못하는데? 국어는 태어나서 자라는 동안 쭉 써왔고, 그야말로 토종 조선인 교사한테서 초등학교 때부터 십 년 넘게 교육 받지 않았는가?

영어, 영어 해 쌓는데, 애초에 원어민 교사가 가르친 국어나 잘하면서 설쳐대면 이해가 간다. 그러나 대부분의 학생들이 국어 못하기는 영어 못하는 것과 매일반이었다. 나야 국어고 영어고 공부라는 것엔 도무지 소질이 없어 이러쿵저러쿵 깊이 따질 생각은 없다. 공부를 하든 다른 것을 하든, 그건 그야말로 취향의 문제이지 그게 일생을 결정지을 일은 아닐 거라는 생각에 난 공부에 그다지 신경을 쓰지 않는다.

그런 나에게 그녀가 걸려든 것이다. 그것도 멀고 먼 아메리카 땅에서 날아와서 말이다. 그녀의 부모님 고향은 대대로 조선인이 살아온 대한민국이지만 그녀의 고향은 양인들이 인디언을 몰아내고 터를 잡은 태평양 건너 아메리카 땅이다. 그런 그녀가, 남들은 가지 못해 안달이 난 땅에서 나고 자라 거기서 대학까지 나온 그녀가, 왜 태평양을 건너왔을까? 결론은 쉽게 났다. 나를 만나기 위해서다! 이런 걸 운명이라고 하나 보다.

그녀가 학교에 있는 까닭에 학교 가는 게 즐거운 일이 되어 버렸다. 나는 이제 교실과 복도는 물론 화장실에서까지 그녀의 냄새를 맡는다. 물론 그녀는 학생용 화장실을 사용하지 않고 교직원용 화장실을 사용할 것이다. 그럼에도 나는 내가 가는 화장실에서조차도 그녀의 냄새를 맡는다. 그녀가 있어, 아침마다 엄마가 깨워야 겨우 일어나던 내가, 이제는 엄마가 깨우기도 전에 일어나 서둘러 학교에 가야 하는 모범생 같은 고3이 되고 말았다. 학교가 온통 그녀로 가득 차 있어 그렇다.

여느 여선생님들과는 다른, 아니 내가 이 나이 먹도록 살면서 만난 여느 여자들과도 다른 독특함이 그녀에겐 있었다. 독특함, 그게 뭔지 구체적으로 잡히지는 않는다. 그림으로 그려낼 수 있을지 잘 모르겠다. 그러나 뭔가 있기는 있다. 나를 숨 막히게 한 그 무엇. 그 무엇이 그녀에겐 있다.

이 세상의 관계나 현상은 말로 다 설명할 수 없다. 또 설명할 필요도 없다. 느낌이 좋으면 되고, 말로 할 수는 없지만 서로 교감이 이루어지면 된다. 삶이란 것, 어차피 설명할 수 없는 것 아닌가? 그렇다면 좋은 느낌을 어떻게 말로 집어내서 설명한단 말인가? 그런데 나는 그걸 그림으로 그리려 한다. 어디서 들은 이야기인데, 어느 사진작가가 지망생은 빗방울 소리를 사진으로 찍고 싶어했단다. 빗방울 소리를 사진으로 찍다니! 눈으로 보는 게 아니라 귀로 듣는 소리를 사진으로 찍다니! 그렇다면 나는 겉으로 드러나지 않는 그녀의 속모습을, 아니 그녀의 숨소리를 그리고 싶다.

나는 안다. 나도 그녀처럼 여자라는 것을. 그리고 나는 그녀와 달리 학생 신분이라는 것을. 그러나 그런 게 무슨 소용인가? 이 세상을 살면서 엄마에게서도 못 느껴보던, 아니 또래의 다른 어느 친구에게서도 못 느껴보던 그 무엇, 그 무엇을 가진 사람이 나타났는데 나보고 어떻게 하란 말인가? 대상이 여자든 남자든 나이가 들었든 안 들었든 그게 다 무슨 상관이란 말인가?

물론 그녀는 나의 이런 마음을 모른다. 알 리가 없다. 수많은 학생 가운데 하나일 뿐인 나를 어떻게 알 것인가? 그러나 나는 조만간에 그녀한테 수많은 학생 가운데 하나가 아닌 존재가 될 것이다. 반드시 그렇게 될 것이다.

그녀는 청초했다. 그녀는 당당했다. 어떻게 청초함과 당당함이 한 몸에 같이 들어 있는지 모르겠다. 가느다란 듯하면서도 굳세어 보이는 허리, 애잔한 듯하면서도 고집스런 눈매. 그녀는 한 몸에 상반된 매력을 함께 지니고 있었다. 그건 바로 유혹이다. 나는 그녀의 묘한 유혹이 좋다. 심지어는 어눌한 조선말까지도 내겐 유혹적이다! 그래서 그녀를 그리고 싶은 것이다. 어눌한 조선말까지 그리고 싶은 것이다. 어느 여자가 있어 그녀 같은 매력을 풍길 것인가? 어느 남자가 있어 그녀 같은 매력을 풍길 것인가? 그녀는 한 몸에 여자와 남자가 함께 들어 있는 존재였다. 아, 그건 치명적인 유혹이다. 나는 내게 놀랐다. 여태껏 나도 모르는 감수성을 가진 나. 그런 내가 놀랍다. 나는 시방 그녀의 유혹에 기꺼이 나를 맡겨버리고 싶을 뿐이다.

처음에 그녀는 조선말을 이제 막 배운 것 같았다. 그러나 이내 곧 조선말을 곧잘 했다. 오히려 어눌한 말투는 매력으로까지 여겨질 정도였다. 그러나 그녀가 조선말을 할 줄 알아서 더 유혹적인 것은 아니다. 그녀가 아메리카 말을 유창하게 한다고 해서 유혹적이지 않듯이 말이다. 그녀의 생김 그대로가 다 유혹적이다.

이렇게 저렇게 그녀를 관찰하며 노린 지 석 달. 마침내 다른 아이들을 의식하지 않고 말을 걸 기회가 왔다. 내가 노리고 노리던 그녀. 마침내 나의 사정권 안에 들어온 것이다. 미리 수업 시간에 가끔씩 그녀의 눈길을 잡아끌 만한 짓을 해서 나를 인식시켜놓긴 했다. 한참 설명을 하는데 눈길을 창밖으로 향한 채 멍하니 있는다든지, 오래도록 그녀의 몸매를 훑어본다든지 하면서 그녀가 나를 인식하게끔 한 것이다. 무엇보다도 나는 수업 시간 내내 연습장에 그녀를 그려댔다. 그녀도 내가 수업에 집중하지 않고 그림을 그리는 것을 보았다. 그러나 아무런 제지도 하지 않았다.

수업이 끝나 교실을 나가는 그녀를 뒤따라갔다. 아이들 눈길이 미치지 않는 지점에 이르자 다짜고짜 물었다.

"선생님, 시간 좀 내주실 수 있어요?"

앞서가다 말고 돌아선 그녀가 긴 머리를 뒤로 쓸어 넘기며 웃었다.

"난 언제든지 좋아요."

"이따 야간 자습 시간에 되나요?"

"아, 오늘은 저녁에 약속이 있는데…… 중요한 일이면 저녁 약속을 바꿔도 돼요."

그녀는 학생인 나에게 말을 놓지 않았다. 순간, 그러한 말투가 그녀를 대하는 게 어렵게 만드는 것 같았지만 그것조차도 그녀의 매력으로 느껴졌다.

"아니, 괜찮아요. 별일 아니에요."

나는 처음에 당당했던 태도와 달리 갑자기 꼬리를 내렸다. 사실 그녀의 약속을 바꿔가면서까지 할 얘기는 없었다. 단지 그림을 그리고 싶었을 뿐이다. 그녀의 속 깊은 데서부터 올라오는 그녀의 숨소리를 그리고 싶었던 것이다. 그러기 위해 난 그녀를 좀 더 가까이서 만나야 했다.

나는 금세 후회했다. 별일 아니라니……. 그녀와 단둘이 마주치기를 얼마나 벼르고 별렀던가. 그런데 기껏 내 입에서 튀어나온 말이란 게, 별일 아니라니……. 나의 복잡한 기분과 상관없이 그녀는 생긋 한 번 웃어준 뒤 머리카락 향기만 남겨놓고 가던 길을 계속 갔다. 그녀의 거리낌 없는 뒷모습에 한동안 넋을 잃었다. 내 보기에, 그녀는 나를 의식하고 더욱 경쾌하게 걸어가는 것 같았다.

바보……. 나는 내 자신에 대해 무척 실망했다. 이제 얼마나 더 기다려야 그녀에게 다가갈 수 있단 말인가. 큰맘 먹고 따라와 그녀와 단둘이 맞닥뜨렸는데 기껏 '시간 좀 내주실 수 있어요?'라니. 할 말이 있다고 당당히 했어야지. 아니 잠깐 볼일이 있다고 했어야지. 아니 선생님의 숨소리를 그리고 싶다고 했어야지. 그러면 그녀는 그 자리에서라도 내 말을 들어주었을 것 아닌가. 그랬으면 나는 그녀와 가까이서 마주한 그 간격만큼, 또 그 시간만큼 그녀와 더 가까워질 것 아닌가.

야간 자율학습 시간은 그야말로 맥이 빠진 시간이었다. 엎드렸다 일어났다 해도 시간이 까먹어지지 않았다. 이런 나를 옆 짝은 이상히 여기지도 않았다. 어차피 나라는 존재는 이 교실 안에서 대학 같은 건 관심도 없는 쪽으로 분류되어 있으니까. 내 보기에 저나 나나 피장파장인데 다들 위장하고 있다. 지금은 대학이라는 괴물에 복종이라도 하는 시늉을 해야 정상적인 인간이라는 듯이.

그녀가 학교에 있지 않는 것이 분명한 오늘만큼은 저녁 시간에 학교에 눌러붙어 있기가 좀 억울했다. 차라리 집에 가서 발 씻고 일찌감치 잠자리에 기어들어 가거나, 엄마 가게일이나 도와주는 게 더 마땅한 일이다. 그러나 그럴 수는 없다. 엄마는 내가 당연히 공부를 열심히 해서 대학에 진학하는 줄 알고 있다. 그러니 공부를 하지 않더라도 학생은 학교에 있어야 한다. 그런 이유를 떠나서도 이제 나는 학교에 잠시라도 더 머물러 있고 싶다. 그녀가 약속 때문에 학교 밖으로 나간 게 확실하더라도 학교엔 여전히 그녀의 냄새가 남아 있으니까.

그녀는 오늘 누구랑 저녁 약속을 했을까? 갑자기 그녀의 행적으로 생각의 물길이 이어지기 시작했다. 만나는 사람이 여자일까? 남자일까? 차라리 남자라면 괜찮겠는데 여자면 어떡하지? 나의 일방적인 결정이긴 하지만, 그녀에게 여자는 나뿐이어야 한다! 그런데 자꾸만 그녀가 여자를 만날 것만 같은 생각이 들었다. 아닐 거야, 선생님들하고 가벼운 저녁 식사 정도의 모임일 거야. 약속을 바꿀 수도 있다고 했잖아. 약속을 바꿀 수 있는 정도면 그다지 중요한 자리에 나가는 건 아닐 거야. 나는 애써 나의 기분을 달래었다.

이런저런 생각에 머리가 터질 것만 같았다. 어느 순간엔 내가 왜 그녀한테 붙들려야 하는지 몰라 짜증이 나기도 했다. 그러나 짜증은 잠깐이었다. 이내 곧 그녀의 긴 머리카락에서 나던 향기가 나를 몽롱하게 만들었다. 내가 지금껏 맡아보지 못했던 샴푸 냄새였다. 어쩌면 이미 나도 써본 샴푸 냄새인지도 모른다. 다만 그녀의 체취와 어울려 독특한 냄새로 바뀌었는지 모른다.

나는 한참 동안 그녀의 향기에 몰두했다. 아이들은, 공부를 잘하는 아이든 못하는 아이든 저마다 책상에 코를 박고 있었다. 그들은 지금 무슨 냄새를 맡고 있을까? 나처럼 그녀의 냄새를 기억하며 향기에 취한 이는 없을 것이다. 기껏해야 야식으로 먹을 컵라면 냄새나 상상하고 있을 것이다.

야간 자율학습의 쉬는 시간이 되었다. 아이들은 저마다 집에서 싸온 간식을 꺼내기도 하고 학교 매점으로 달려가기도 했다. 나는 이 시간을 틈타 집에 갈 채비를 했다. 오늘 야간 자율학습이 끝날 때까지 학교에 있어보아야 다시 그녀를 만날 일이 없다. 그녀는 이미 학교를 벗어났다. 물론 다른 날이라도 그녀가 방과 후 학교에 있을 일은 없었다. 그녀는 여느 정규직 선생님과 달리 야간 자율학습 당번을 서는 일이 없으니까. 하지만 그녀의 부재를 직접 확인한 일이 없어 막연히 나와 그녀가 학교에 같이 있는 것으로 여겨졌다. 그러나 오늘은 아니다. 그녀는 오늘 저녁 확실히 부재중이다. 그렇다면 내가 그녀의 냄새나 붙들고 늦은 시간까지 학교에 남아 있을 이유가 없다. 적당히 담임선생님을 따돌리고 집에나 가자. 어쩌면 그럴 필요도 없다. 대학 진학에 가망이 없어 보이는 나 같은 존재는 집에 간다고 하면 두말없이 보내준다. 사정하거나 떼쓰거나 거짓말을 할 필요가 없다. 나 같은 부류는 언제나 이유를 불문하고 무사통과니까.

가방을 챙겨 교실을 나섰다. 아이들도 나를 눈여겨보지 않았다. 그냥 집에 가나 보다 했다. 어차피 남의 인생에 무슨 관심이 있겠는가. 저마다 자신의 일만 중요해서 컵라면 한 젓가락에서도 인생의 쓴맛을 느끼며 먹는 형편이라 남의 인생까지 참견할 여유가 없는 것이다.

시장통에 있는 엄마의 채소 가게로 갈까 하다 그만두었다. 아직 학교에 있어야 할 딸내미가 갑자기 나타나면 엄마의 건강에 좋지 않은 영향을 끼칠 테니까. 엄마는 내가 무슨 생각을 하는지도 모르고 억척으로 일만 한다. 순진한 것 같기도 하고 바보스러운 것 같기도 하다.

그녀 때문인지 집으로 가는 길이 멀다. 그녀의 행방이 갑자기 나를 불안하게 했기 때문이다. 혹시라도 나를 제쳐놓고 다른 여자를 만나면 어쩌나 싫어서였다. 여자의 적은 여자라 하지 않던가. 나 아닌 다른 여자를 만나는 그녀. 상상도 하기 싫다. 그러나 그럴수록 생각이 그쪽으로 퍼져가고 집으로 가는 길은 더욱 멀게 느껴졌다.

집에 왔다. 오늘도 나를 반겨주는 이는 없다. 동생들은 텔레비전을 보며 낄낄거리느라 내가 들어오는 것도 모른다. 엄마는 자정이 다 되어야 들어올 것이다. 아빠는? 아빠는 내게 없다. 이미 오래전에 우리의 울타리에서 사라졌다. 아빠는 막내 동생이 돌이 채 되기도 전에 돌아오지 못하는 곳으로 떠나버렸다. 교통사고는 예고가 없어 떠날 준비를 할 새도 없다. 아빠는 새벽에 도매시장에서 야채를 받아오다 교통사고를 당해 우리 울타리 밖으로 튕겨 나가버린 것이다. 그 이후 아빠는 가끔씩 내 연습장의 그림으로만 존재한다.

초등학교 고학년이었던 나는 그때부터 사는 일에 아무런 재미를 느끼지 못했다. 모든 게 어이없다고만 느껴졌기 때문이다. 중학교에 들어간 나는 겉돌기 시작했다. 아빠 없이 자식을 키우는 엄마의 바람을 모르는 것은 아니지만 나도 어쩔 수 없었다. 내 맘이 내 뜻대로 되지 않는데 난들 어쩌란 말인가.

그나마 중학교는 같은 반의 반장이던 남자애를 보는 재미로 학교를 다녔다. 순정 만화 주인공 같은 외모의 아이였다. 그 아이는 웬만한 여자애들보다 더 선이 고왔다. 게다가 공부도 잘하고 운동도 잘했다. 그런 만큼 여자아이들의 우상이 되기에 충분했다. 여자아이들은 그 애에게 저마다 나름대로 사랑의 표시를 했다. 물론 나도 빠지지 않았다. 아빠가 세상을 떠난 이후 처음으로 무언가에 몰두해보았다. 밤새 연습장에 그 애의 다양한 모습을 그려보았다.

그게 사랑이었을까? 사랑이었는지 모른다. 그 애를 생각만 해도 가슴이 뛰었고, 그 애의 표정을 기억해내며 그림을 그리는 동안은 무척이나 행복했기 때문이다. 그러나 나는 끝내 그림 한 장도 전해주지 않았다. 나보다 더 어여삐 생긴 사내아이를 사랑하는 내가 어이없었기 때문이다. 그저 학교에 가서 그 애를 바라보는 것만으로 행복했고, 저녁에 그 애의 모습을 떠올려 그림을 그리는 것만으로 만족했다.

어느 점심시간이었다. 서둘러 점심을 먹은 아이들이 운동장에 나가 노느라 교실엔 아이들이 몇 남아 있지 않았다. 나는 내 자리에 앉아 여느 때와 마찬가지로 하릴없이 연습장에 연필 가는 대로 아무렇게나 그림을 그리고 있었다. 그 아이가 내 곁으로 다가왔다.

“무슨 그림이야?”

나는 얼른 연습장을 덮으며 두 손으로 연습장을 가렸다. 아무렇게나 그린 그림이지만 사실은 그 아이의 이미지도 그려져 있기 때문이다. 그러나 순식간에 그 아이가 내 손에서 연습장을 빼내 펼쳤다. 나는 가슴이 콩닥콩닥 뛰었다. 그러나 나는 연습장을 그 애한테서 다시 빼앗거나 소리를 지르지 않았다. 그 아이의 행동을 물끄러미 바라보는 것만도 벅차 다른 말이나 행동을 할 수 없었다. 어차피 언젠가는 이런 날이 있을 거라는 생각을 막연하게나마 했기 때문인지도 모른다. 그 아이는 연습장 속지를 한 장 한 장 찬찬히 넘기고 나서 나를 물끄러미 바라보더니 혼잣말처럼 한마디 했다.

"그림의 눈들이 하나같이 깊은데……."

나는 그 말이 무슨 말인지 알 듯했다. 연습장엔 쪽마다 여러 인물들의 이미지가 휘갈기듯이 그려져 있었다. 이미지는 아무래도 눈매에 집중된다. 그 아이가 그걸 보고 하는 얘기였다. 인물의 이미지 그림을 그리기 시작한 건 아빠가 세상을 떠난 뒤부터였다. 아빠가 떠오를 때마다 무의식적으로 아빠의 여러 표정을 그리는 버릇에서 생겨났던 것이다. 아빠의 사랑을 놓쳐버린 어린 소녀가 아빠를 곁에 붙들어놓을 수 있는 유일한 방법이 그것이었기 때문이다. 아빠의 눈매는 그릴수록 깊어만 갔다. 마침내는 아빠 이미지 아닌 다른 이미지를 그리더라도 눈매는 닮아 있었다. 그 애는 그걸 지적한 것이다. 자신을 그렸다고는 미처 생각하지 못했다.

그 애는 한참 동안 나와 그림을 번갈아 본 뒤 연습장을 내 책상에 내려놓았다.

그 아이로 인해 두어 해 남짓 참 행복했다. 한 학년에 두 학급밖에 없는 조그마한 학교라 용케도 그 애와 나는 계속 같은 반이었다. 그 애는 학년이 올라가도 계속 반장을 맡았다. 돌아가면서 다른 애가 맡을 수도 있는데 왜 그랬는지 모른다. 여자아이들은 물론 사내아이들까지 그 애를 좋아해서 계속 반장 자리를 맡겼던 것 같다.

그러나 중3 때 그 아이가 서울로 전학을 가버리는 바람에 나의 학교생활은, 아니 가정생활까지도 죄다 활기를 잃고 말았다. 사실 따지자면 내가 그 아이 때문에 활기를 띠고 말고 할 것이 없다. 나는 그 애에게 먼저 말을 건네본 적조차 없고, 그 애한테서 개인적으로 말을 들은 것도 딱 한 번뿐이었으니까. 하지만 사람은 말을 하지 않아도 두 사람 사이에만 흐르는 미세한 전파를 통해 할 말을 다하는지도 모른다. 그 애는 내 연습장 그림을 보고 한마디 함으로써 내게 할 말을 다 한 것이다. 나는 그림을 통해 내가 그 애에게 할 말을 이미 다 했고……. 물론 그림은 알아보는 이만이 알아보고, 말도 알아듣는 이만이 알아듣는다.

그 아이는 서울로 전학 간 뒤 아무런 소식을 보내오지 않았다. 다만 소도시에 흘러다니는 소문만 뒷소식으로 남았다. 시장통에서 일수놀이를 하던 그의 홀어머니가 어느 날 갑자기 식솔을 이끌고 야반도주했다는, 그렇고 그런 말들이었다. 나는 그 애의 엄마를 본 적이 없다. 그래서 일수놀이니 야반도주니 하는 말을 남긴 그 애의 엄마를 떠올릴 수 없었다. 그러니 그런 엄마와 그 애의 이미지를 연결시킬 수도 없었다. 그게 다행인지 불행인지는 모르겠다. 다만 사실이 그랬다는 것이다. 얼마 후 소문은 잦아들었고, 그 아이의 얼굴도 내 속에서 지워져갔다. 세월은 그토록 힘이 셌다.

그 이후 내 인생 속에는, 아니 내 연습장 그림 속에는 그림을 그리는 나 말고는 누구도 끼어들지 않았다. 심지어는 아빠도 끼어들지 않았다. 완고했다. 어느 누구도 그려질 것을 허락하지 않는 나의 연습장. 어쩌면 끼어들 틈이 없었는지도 모른다. 그 아이는 서울로 가면서 내 삶의 활기까지 다 가져가버렸다. 그러나 그건 그 아이 책임이 아니다. 그런데도 마음이 스산한 건 어쩔 수 없었다. 그 아이의 얼굴이 가물가물해질 때까지는. 그때부터 내 연습장엔 내 모습인지 아닌지도 모를 복잡한 이미지를 가진 표정들이 그려지기 시작했다. 그렇게 중학교를 마치고 고등학생이 되었다.

지금은 고3. 대한민국에서 고3은 아주 특별한 존재이다. 산

삼, 인삼, 해삼보다 더 조심히 다루어야 하는 게 고삼이란다. 그러나 나 같은 부류는 조심히 다루고 말고 할 것이 없다. 입시에 목을 거는 고3이 문제지 나 같은 '적당파'가 뭐가 문제겠는가. 그런데도 엄마는 '고3이 얼른 끝나야 자유로울 텐데……' 하면서 나를 걱정한다. 그러나 나는 그런 걱정에도 아무런 감동을 느끼지 못한다. 나는 진정한 의미의 고3이 아니니까.

나라고 대학에 왜 욕심이 없겠는가? 다만 다른 아이들처럼 아득바득해서까지 대학 갈 생각이 없을 뿐이다. 가능하다면 만화나 시각디자인 같은 학과로 가면 좋겠지만 그게 어디 내 뜻대로 될 일인가. 특별히 실기를 준비하는 것도 아니고, 그렇다고 내신 성적이 좋을 리 없고, 수학능력시험을 잘 치를 재주도 없으니 그야말로 팔자 풀리는 대로 살아야 할 판이다.

하긴 뭐, 이 좁아터진 소도시에서 공부를 잘해봐야 얼마나 잘하겠는가? 전교 1등을 한다 해도 서울의 국립대학은커녕 광역시에 있는 국립대학에 진학하기에도 벅차다. 그러니 공부를 잘하나 못하나 오십보백보이고, 나는 아예 대학 욕심을 내지 않고 흘러가는 대로 나 자신을 맡기고 있는 것이다.

내가 대학 입학시험을 앞둔 고3으로서 하는 일이라곤, 아니 고3 시간을 때우기 위해 몸부림치는 것이라곤 시도 때도 없이 연습장에 습관적으로 그려대는 그림뿐이다. 그것도 남이 아니라 어쩌면 나의 복잡한 속내를 이상한 이미지로 잡아내어 그려대는 것이다. 엄마가 알면 무척 서운하겠지만 사실이 그러하다.

그러다가 그녀가 나타난 뒤로부터 내 연습장은 온통 그녀의 모습으로만 꽉 채워졌다. 그녀는 천의 얼굴을 가진 사람이다. 앞에서, 왼쪽에서, 오른쪽에서 보는 이미지가 각각 다르다. 그러니 내 연습장 그림의 주인공으로는 딱이다. 그럼에도 아직 뭔가가 덜 채워졌다. 무엇보다도 그녀의 숨소리까지 그려지지는 않는 것이다.

나는 씻을 생각도 없이 연습장을 꺼내 그녀의 이미지가 떠오르는 대로 그림을 몇 장 그렸다. 그러고도 뭔가 채워지지 않는 게 있어 교복을 사복으로 갈아입고 집을 나섰다. 딱히 어디를 가겠다고 작정하고 나선 것은 아니다. 그저 밤길을 걷고 싶을 뿐이었다. 어느 순간 내 걸음은 교사들 사택이 있는 골목 쪽으로 가고 있었다. 여느 때 같으면 일부러 이쪽을 갈 일이 있어도 돌아가는 곳이었다. 혹시라도 아는 선생님을 만나게 되면 민망할까 봐 그러는 것이었다. 그런 내가 오늘은 어쩐 일로 이쪽으로 걸어왔는지.

속으론 그녀를 만나면 좋겠다는 생각을 했다. 한편으로는 만나지 않았으면 좋겠다는 생각도 했다. 한참을 사택 입구에 서 있었지만 그녀는 나타나지 않았다. 벌써 약속이 끝나고 집으로 들어갔는지 모른다. 그러나 불이 켜진 집들 가운데 어느 집이 그녀 집인지 모르는 까닭에 그녀가 돌아왔는지는 확인할 수 없었다. 결국 오늘은 아무 일도 일어나지 않았다. 다행이라 생각했다.

한 주가 지나고, 보름이 지났다. 내 마음과 상관없이 그녀는 아무 일 없다는 표정이다. 그런데 그녀를 두고 요 며칠 사이 학교에 이상한 소문이 돌았다. 원어민 교사인 그녀가 동성애자라는 것이었다. 심지어는 원래 남자인데 여자로 성전환을 했다는 소문까지 나돌았다. 사택 골목길에서 어떤 여자랑 포옹하는 장면을 보았다느니, 인터넷 어느 사이트에 가면 어떤 여자랑 다정히 팔짱을 끼고 있는 그녀 사진을 볼 수 있다느니 하는 소문이 그럴싸하게 났다. 나는 픽 웃음이 나왔다. 그녀가 동성애자든 성전환자든 그게 무슨 문제가 있단 말인가? 현재 그녀의 모습, 나는 그 모습에 사로잡혀 있을 뿐이다. 단지 그녀의 숨소리까지 그릴 기회를 얻지 못한 것만이 안달 날 뿐이다. 그리고 그녀 곁에 다른 여자만 없기를…….

자신에 대해 어떤 소문이 도는 걸 아는지 모르는지 그녀는 여전히 청초하고 당당한 모습으로 수업을 진행했다. 나는 여느 수업 때와 똑같이 그녀를 그리기 시작했다. 오늘 그녀는 내 쪽을 다른 때보다 많이 바라봐주었다.

영어 수업이 끝났다. 바로 점심시간으로 이어졌다. 아이들은 급식을 먹기 위해 부산을 떨었다. 그러나 나는 지금 밥이 문제가 아니다. 그녀를 조심히 뒤따르고 말고 할 여유도 없다. 더 이상 기다릴 수가 없다! 정면에서 바로 부딪쳐야 할 만큼 급박했다. 그래서 부리나케 연습장을 챙겨 들고 교실을 뛰쳐나갔다. 그녀는 벌써 복도 끝의 계단을 내려가고 있었다. 내가 뒤쫓아가고 있는 것을 알아차린 그녀가 걸음을 멈췄다.

그녀가 부드럽게 싱긋 웃었다.

"저번엔 약속이 있어서 미안했어요. 내가 도와줄 일이라도 있나요?"

나는 고개를 끄덕였다.

"뭐지요?"

그녀는 여전히 말을 놓지 않고 정중히 대했다.

나는 불쑥 연습장을 내밀었다.

"이 그림에 숨소리를 넣어주세요."

그녀가 연습장을 받아들었다. 그녀가 가느다란 숨소리를 내며 한 장 한 장 넘길 때마다 내 숨소리가 더 커지는 걸 느꼈다. 커지다 못해 숨이 막힐 지경이었다.

연습장을 다 넘겨 본 그녀가 내 손을 잡아끌었다. 나는 그녀가 이끄는 대로 따라갔다. 아래층 복도 구석에 있는 어학실이었다. 그녀가 오기 전까지는 어학실이라는 명패만 달려 있었지 드나드는 사람도 없이 버려져 있다시피 한 공간이었다.

어학실에 들어가자 그녀한테서 더욱 향긋한 냄새가 났다. 무슨 향기인지는 모르겠지만 그녀에게 딱 어울리는 냄새였다. 뭔가 할 말이 있을 것 같았는데 막상 그녀와 밀폐된 곳에 단둘이 있게 되자 머릿속이 멍해졌다. 점점 그녀의 냄새에 취해가는 것만 같았다.

그녀가 연습장 그림을 다시 펼쳐보며 웃었다.

"수업 시간에 늘 그림을 그리던데, 여기 모델이 나인가요?"

나는 말없이 고개를 끄덕였다.

"멋져요! 정말 멋져요!"

그녀가 약간 호들갑스럽다 할 정도로 감탄사를 연발하더니 나를 덥석 안았다. 나는 엉겁결에 그녀의 품에 안기게 되었다. 그녀는 보기보다 키가 훨씬 더 컸다. 엉겁결에 그녀의 단단한 가슴 사이에 얼굴이 묻혔다. 그녀의 젖가슴 깊은 곳에서 딸기 향내가 났다. 아까는 막연히 향긋한 냄새라고 느꼈던 바로 그 냄새. 딸기 향내를 맡는 순간 이제 그녀의 냄새까지 그릴 수 있을 것 같다는 생각이 떠올랐다.

잠시 나를 내려다보는 듯하던 그녀는 내 얼굴을 두 손으로 감싸더니 자신의 입술을 내 입술 위에 포개었다. 나는 흠칫했다. 늘 갈망하던 일이었지만 실제 상황은 처음이었다. 그러나 피하고 싶지 않았다. 그녀는 너무나 자연스러웠다. 그녀의 숨소리가 나에게 가장 가까운 거리에서 전해졌다. 나는 점점 정신이 아득해져갔다. 그녀의 숨소리가 커져갈수록 나는 그녀 안에서 부드러운 딸기처럼 자연스레 으깨어지고 있었다. 딸기 향내가 이제 온 실내에 가득 차는 듯했다. 이 향내 속에서 그녀의 숨소리를 영원히 놓치지 않고 싶다. 나는 그녀의 숨소리를 따라 점점 그녀 안으로 깊이 빠져들어갔다. 그녀 안에서 나는 돌아가신 아빠를 느꼈고, 나를 믿는 엄마를 느꼈고, 말 한마디로 할 말을 다한 중학교 때 반장 아이를 느꼈다. 그리고 마침내 나를 느꼈다. 내가 무엇인지조차 미처 모르던 나. 이제야 비로소 나를 느낀 것이다. 그녀 안에서 나는 깊어진 것이다.

정신을 차리고 보니 한낮을 바로 지난 햇살이 어학실 창문으로 쏟아져 들어왔다. 그녀는 벽을 마주하고 콧노래를 부르며 차를 탔다. 그녀의 등을 보고 있노라니 그녀가 미끈한 고래처럼 느껴졌다. 나는 고래의 등을 타고 깊고 깊은 바다를 헤엄치다 막 돌아온 것만 같았다. 내가 그토록 노리던 그녀가 바로 내 앞에 있다. 하나의 이미지로 잡히지 않던 그녀. 하나의 이미지로 규정할 수 없던 그녀. 그녀가 미끈한 고래가 되어 내 앞에 있다. 어학실 문 앞으로 지나가는 아이들이 흘깃흘깃 안을 들여다보기도 했다. 그러나 나는 다른 아이들의 눈을 전혀 의식하지 않게 되었다. 그녀 역시 바깥을 전혀 의식하지 않았다.

"숨소리를 넣어달라고 했나요? 그런데 사람은 남의 숨소리가 아니라 자신의 숨소리를 의식하며 살 때 가장 사람답지요."

마치 나를 꿰뚫어 보고 있는 것 같았다. 아니, 자신에 대해 떠도는 소문을 다 알고 있으면서도 애써 모르는 체하는 것 같았다.

"나는 첫 수업시간 때 이미 다 알았어요. 나를 의식하는구나, 라고 말이에요. 이제 타인을 의식하지 말고 자신을 깊이 들여다보세요. 자신의 숨소리가 어디까지 미치는가를 들여다보고 그걸 그림으로 그려보세요. 그림 속에서 남의 숨소리가 아니라 오로지 자신의 숨소리가 느껴지도록 말이에요. 그럴수록 사람은 깊어지는 거예요."

그녀가 차 한 잔과 빵 한 조각을 내밀었다. 나는 그녀와 무릎이 닿을 정도로 가까이 앉아 점심으로 그녀가 준비한 것들을 먹었다. 간소하지만 내겐 뜻밖의 성찬이었다. 그녀와 둘이서 점심을 먹다니!

그녀가 연습장을 돌려주며 아무런 말도 하지 않았다. 그러나 나는 그녀가 무슨 말을 하고 싶은지 알 수 있었다. 이미 우리는 말없이 통하는 사이가 된 것이다. 두 연인은 동시에 서로 똑같이 사랑할 수 없다고 하지만 우리는 아니라고 느꼈다. 우리는 한쪽이 사랑하는 만큼 다른 쪽도 그만큼 사랑하는 것이다. 내가 그녀를 처음 보는 순간 망설일 새 없이 바로 그녀를 택했듯이, 그녀는 지금 이 순간만큼은 나를 택했다. 어쩌면 그건 선택의 문제가 아니다. 운명이라고밖에 할 수 없는 일이니까. 운명은 선택의 영역 밖에 있다. 그렇다면 운명 아닌 사랑이 어디 있으랴. 아, 마침내 사랑에 이르렀구나. 하긴 내 나이 이미 이팔청춘을 지났는데 사랑으로 나아가지 않고 어찌 살 수 있을 것인가. 그 옛날 이몽룡과 성춘향은 나보다 더 어린 이팔 십육 세 나이에 이미 업고 놀고, 벗고 놀고, 그것도 부족해 말놀이까지 하며 놀지 않았던가. 그에 비하면 나의 사랑은 참으로 더디 온 것이다.

종이 울렸다. 고래 등을 타고 깊은 바다를 항해하는 일을 잠깐 멈추어야 한다. 오후 수업이 시작된 것이다.

나는 교실로 돌아오자마자 연습장 표지에 매직펜으로 '너는 깊다'라고 굵고 진하게 썼다. 소녀의 목에 매달린 어린아이 그림 바로 위에.

국민건강영양보급업자가 낚지 못한 것

"워메, 겁나게 더워부네!"

검게 그을린 뒷목덜미에 이글거리는 태양빛이 내리쬐자 땀이 마치 기름을 발라놓은 것처럼 번들거렸다. 저수지 수면에도 태양빛이 부서져 내려 고기비늘처럼 번들거렸다. 이번 여름 들어 비 한번 시원하게 내린 일 없이 연일 폭염이다. 장 씨는 연신 수건으로 목덜미를 타고 흘러내리는 땀을 닦아내며 하늘을 쳐다보았다. 하늘 어느 구석에도 구름이라곤 한 점 없어 당분간 비를 기대하긴 무망하다.

"내 평생 살다 살다 이런 날씨는 또 첨 겪는구먼. 원 세상에 무신 놈의 날씨가 이렇게 폭폭 찐다냐? 비나 시원하게 한 보지

락 확 내려불면 쓰겄구먼, 비는 안 오고 날씨 한번 지랄 같구먼. 가진 것이라곤 천지 사방 둘러보아도 요놈의 몸뚱이 하나뿐인 디 이놈의 지랄 같은 날씨 땜시 그나마 명대로 다 못 살고 숨 막혀 지레 돌아가시겄구먼, 으이구. 몸뚱이 드러내놓고 사는 사람 죄다 짠 물에다 절여 죽일 일 있다냐, 퉤!"

장 씨는 입으로까지 흘러드는 땀방울을 내뱉으며 구시렁거렸다. 이어 땀에 전 수건을 양손으로 비틀어 짜자 빨래에서 땀물이 배어나왔다.

"제기랄! 이것이 시방 뭐여. 땀으로 빨래하는구먼."

곁에 있는 김 씨 역시 쥐어짜면 바로 물이 짜질 것 같은 셔츠를 둘둘 말아 어깻죽지 가까이 올려놓고 낡아빠진 중절모로 부채질을 해대며 맞장구를 쳤다. 등짝을 타고 흐르는 땀이 번들거렸다.

"그란께 말이요. 암만 해도 날씨가 미쳐 부렀는갑소. 찜통이 따로 없구만요. 뭔 땀이 아침부터 이러코롬 많이 흐르는지, 헉. 등줄기에 꼭 지렁이가 스멀스멀 기어 댕기는 것 같단께요."

두 사람은 며칠 전부터 미을 들머리에 있는 저수지 한쪽에 죽치고 앉아 있었다. 낚싯대를 걸쳐놓긴 했지만 사실 그들은 낚시질엔 조금도 관심이 없다. 이 더운 날씨에 그들이 온 신경을 곤두세우고 살피는 건 낚싯대가 드리워진 저수지 수면이 아니라 오로지 마을 쪽 움직임이었다.

장 씨가 고개를 길게 빼 마을 쪽을 쳐다보며 확인하는 말을 했다.

"거 뭣이냐, 자네가 알아낸 정보로는 틀림없이 오늘 밤에 팽나무집 할망구 팔순 잔치가 있다고 했제?"

"아따 형님도 참. 같이 듣고서도 자꾸 다그치시요? 낮에는 읍내 장수회관인지 장손회관인지 허는 디서 대처 사는 자식들이 내려와 잔치 열고 저녁엔 마을에서 빽적지근허게 술동이 푼다고 안 했소?"

"나도 이장이 확성기에 대고 나발 분 건 들어 알제. 근디 자네가 마을 구판장에서 들은 소리도 같은 소리냐, 이 말이여."

"형님은 넘의 말을 귀 밖으로 듣는갑소. 날씨도 더워 갖고 사람 환장허게 하는디 형님까지 똑같은 말을 벌써 몇 번씩 하게 하요? 틀림 없단께요. 그란께 염려 푹 놓으시고 어서 밤 되기만 기다려보슈."

"알았어, 알았은께 고기나 잘 낚아봐."

"우리가 시방 고기 낚을라고 이러코롬 죽치고 있소? 낚아도 큰 걸 낚아야제. 붕어 새끼 피라미 새끼 고런 건 멍멍이한테 대면 아무것도 아니란께요."

멍멍이란 소리에 장 씨는 다시 마을의 개에 관심을 갖는다.

"그래, 마을에 낚을 만한 멍멍이가 많이 있더란 말이제?"

"아따, 또 같은 말 녹음기 틀어 되풀이하게 하시오? 모르긴 몰라도 노랑이, 흰둥이, 검둥이 해서 스물댓 마리는 족히 되더란께요."

"고것도 살이 통통하게 올라 있더란 말이제?"

"그라고말고요. 요샌 촌사람들도 잘 먹고산께 개 팔자도 쭉 늘어졌지라우. 죄다 잘 먹어서 살이 잘 올라 있습디다."

"흐흐, 스물댓 마리라……. 스무 마리만 낚아서 팔아도 이참에 한 밑천 단단히 잡겄구먼. 그려도 다 팔아 넘기지는 말고 한 마리는 단골집에 우리 몫으로 냄겨뒀다가 아무 때고 뒷다리 한 짝씩 푸지게 뜯어 먹세. 양기 보충허는 디는 뭐니 뭐니 해도 개장국에 호벅진 암캐 뒷다리가 최고여! 고건 먹어본 사람만 알제. 동생 안 그런가?"

장 씨의 침을 꼴깍 삼키는 소리가 김 씨에게까지 들렸다.

"형님은 고 맛이 고러코롬 좋소?"

"그라믄, 자네는 안 좋단 말인가? 고것 먹고 나면 마누라가 다시 보인단께. 착착 감기는 게 고만이야, 허허……."

"형님이야 형수님이 있은께 고렇다지만, 난 뭐라요? 고것 먹고 힘 좋아봐야 쓸 디가 어디 있어야지라."

"히야, 저 내숭. 이 사람아, 자네 정다방 정 양인가 장 양인가

하는 아가씨를 따라댕기는 것 모르는 사람 없어."

"말이야 바로 말이제. 내가 뭣이 아쉬워서 고것을 따라다니겄소. 고것이 자꾸만 날 귀찮게 따라다니제."

장 씨가 무릎을 탁 치며 말했다.

"그란께 고렇게 된 것이 다 견공들 덕이란 말이시."

"뜬금없이 견공은 무슨 견공이우? 개백정이 개들 말 안 쓰고 유식한 문자를 써분께 쪼깐 안 어울리는구먼요."

"개백정이라니? 자네가 시방 나를 업수이 여기는가? 자네는 넘을 고렇게 깔아뭉개는 말버릇만 진작에 고쳤으믄 마흔 다 되도록 장개 못 들든 안 했을 틴디, 고 입이 탈이여. 고 입이 방정이란 말이여."

"형님은 참, 내 입이 뭔 방정이란 말이요? 주인 몰래 개 낚아서 내빼믄 쉽게 말해 그냥 개백정이제, 뭣이다요? 개 도둑으로 잡히지만 안 해도 다행이제……."

김 씨의 개 도둑이란 말에 장 씨가 짐짓 발끈한다.

"예끼! 이 사람, 그렇다고 개 도둑이라니? 내가 몇 번씩 말해야 알아먹겄는가? 개백정은 민국 시대 이전 조선시대 얘기고 인자는 같은 말도 순화해서 쓰는 개명 천지 시댄께 국민건강영양보급업자라고 해야 한다고 했잖여. 따라 해 봐. 국민건강영양보급업자……."

"아따 말도 드럽게 어렵게 지어 붙였소. 형님이 시청 식품위생과 직원이라도 되는 거유? 아니면 농촌지도소 지도원이라도 되는 거유, 뭐유? 고로코롬 어려운 말 대신 쪼깐 보드랍고 쉽게 부를 수 있게 멍멍 낚시꾼이 으짜겄소? 그라믄 고기 맛도 훨씬 보드랍고 감칠맛이 있을 것인디."

"이 사람이 또 딴청일세. 내가 몇 번씩 말해야 알아들을란가? 우린 국민건강영양보급업자라니까! 도시 사람들 수입 쇠고기도 안 먹고 푸성귀도 무공해 환경식품만 찾아 먹는다고 별스럽게 난리 피우지만 우리가 공급하는 것보다 더 순수한 무공해 친환경식품이 어디 있겄어? 사실 말이야 바로 말이제, 우리가 대는 토종 똥개보다 더 순수한 신토불이가 어디 있겄냐고!"

"알았어유, 알아먹었습니다유. 하여튼 저녁에 형님 개 낚는 솜씨나 실전으로다가 실컷 보여주쇼."

"그랴. 이따 실컷 보게나. 요새 뜨는 말로 내가 전설이 된 사람 아닌가? 개 잡는 솜씨 하나만큼은 이 바닥, 국민건강영양공급업자들 사이에선 이미 전설이 됐지만 자네 눈으로 오늘 다시 확인해보게."

"사실 고거야 안 봐도 다 아는 것 아니유. 형님 개 잡는 솜씨는 두말이 필요 없지유. 맞아요, 전설이 되었시유."

두 사람은 실없는 소리를 주고받으며 시간을 죽였다.

"흐흐, 개 낚는 솜씨야 한강 이남에서 나를 따를 사람이 없제. 한강 이북이야 통일이 되어 봐야 알 것인께 미리 뭐라고 따따부따할 것 없고. 자네도 알다시피 서울이고 성남이고 국민건강영양보급업자들이 몰려 있는 디를 가기만 하믄 다들 나를 보고 허리를 구십 도로 탁 꺽잖이여. 고게 뭣 땜시 고러겄는가?"

"고거야 싱싱한 물건을 대준께 그러겄지라. 요샌 개도 가둬 놓고 사료 멕여 키운께 뭔 맛이 있어야지라. 개고 닭이고 사료 안 멕이고 놓아먹인 것이 최고지라. 그래도 사람은 갇혀 지내더라도 집에서 지은 밥 먹고 살아야 쓰는디, 난 사료도 괜찮은 디……. 언제까지 식당 밥만 먹고 살아야 하는지……."

"그란께 자네도 얼른 한 밑천 잡아서 가정을 꾸려야제. 개 낚듯이 각시도 하나 낚아서 말이여."

"형수님도 개 낚듯이 낚아부렀소?"

"낚긴……, 내가 낚였제. 흐흠."

"나도 낚이고 싶은디 아무도 나를 안 낚아주네요. 나도 촌구석 개들맨치로 놓아멕이고 있는디도……."

"흐흐, 고 말은 자네가 개만도 못하다는 얘기 아닌가?"

"뭔 말을 고렇게 한다요?"

김 씨가 잔뜩 찌푸린 표정으로 못마땅한 심사를 드러냈다.

"아따, 웃자고 한 말인디 이마빡에 쌍심지는 뭐단가?

장 씨가 얼른 수습을 했지만 김 씨 표정은 풀리지 않았다.

"넘의 아픈 디를 건든께 그라지요."

"고렇게 들렸다면 미안하시, 일단 개 먼저 낚고 바로 각시도 하나 낚든가 자네가 낚이든가 해보소."

"알았수. 뭐든 낚아볼라요."

김 씨가 애써 누그러지자 장 씨가 얼른 말머리를 돌렸다.

"어디까지 얘기하다 샜는가? 음, 생각났네, 다시 본론으로 돌아가서 말하자면, 놓아멕인 것 가운데서도 주인 몰래 낚아다 잡아먹는 게 맛이 일품이네!"

"그러겠지유. 돈 안들이고 먹는 공짜라 훨씬 더 맛있겠지유. 공짜라면 양잿물도 맛있게 들이킨다잖아유."

"이 사람이 꼭 말을 해도……. 자네 그런 생각 갖고선 이 바닥에서 성공하기 힘드네. 우리가 하는 일은 자부심을 갖고 해야 쓰네. 우리가 시방 하고 있는 일은 물건값을 치르느냐 아니냐 고걸 가지고 말을 허면 안 되네. 물건이야 돈을 치렀든 안 치렀든 국민의 건강을 지키는 영양공급업자로서 직업 정신이 투철해야 쓰네. 자네, 정신 무장을 더 단단히 해야 쓰겄네."

"알았습니다, 형님! 형님도 아시지만 저도 개백정의 후계자로서, 아니 국민건강영양보급업자의 후계자로서 사명을 다해야 할 의무가 있는 사람입니다요. 그란께 오늘은 개 낚는 비법이나 남김없이 전수해주십시오!"

두 사람은 이미 낚싯대에는 눈길을 주지 않았다.

"알았네. 비법이라고 할 것 뭐 있겠는가? 나 하는 것 보고 고대로 따라 하다 보면 저절로 개낚시꾼 고수가 되는 거제. 그나저나 이따 한바탕 전쟁 치르려면 멱이나 감고 미리 잠이나 자두세."

장 씨 말이 끝나기도 전에 김 씨는 이미 옷을 홀랑 벗고 저수지 물속으로 첨벙 들어갔다. 장 씨도 곧 따라 들어갔다. 저수지 물도 뜨거운 태양열에 데워져 시원하지 않고 미지근했다. 두 사람은 멱을 감고 난 다음엔 승합차로 가서 낮잠을 한숨 잤다.

그들이 여기 이렇게 낚시꾼 차림으로 있는 건 마을 사람들한테서 별다른 의심을 받지 않기 위해서다. 저수지 낚시꾼으로 위장한 그들은 라면이나 담배 따위를 사는 걸 핑계 삼아 마을 구판장에 자연스레 드나들며 마을 사정을 알아낸 뒤 결정적인 거사 날을 기다린다. 물론 그들의 거사는 한 마을의 개를 모조리 훔쳐가는 것이다.

그들은 자신들의 신분이 드러나지 않도록 승합차 앞 뒤 번호판을 휴대용 천막과 겉옷으로 자연스럽게 감추고서 때를 기다린다. 절대로 서두르지 않는다. 어떤 때는 한낮에 마을 사람들 모두 들에 나갔을 때 거사를 감행하기도 하고, 마을 사람들이

단체로 꽃놀이나 단풍놀이를 갔을 때 일을 치르기도 한다. 이번엔 어느 집 노인의 팔순 잔치가 있어 저녁 한때 그 집으로 마을 사람들이 모두 모인다는 정보를 입수한 바 있어 며칠 전부터 저수지에 진을 치고서 때를 보고 있는 것이다.

그들이 노리는 마을은 반드시 저수지를 끼고 있는 마을이다. 그래야 낚시꾼으로 위장한 뒤 국민건강영양보급업을 영위하기가 쉬운 까닭이다.

낮잠을 자고 밥을 끓여먹고, 또 낮잠을 자고, 그래도 가지 않는 시간을 죽이기 위해 장기를 몇 차례 두고 나자 그제야 겨우 어둠이 밀려오기 시작했다.

"아따, 뭔 놈의 해가 징하게 길기도 하구먼!"

장 씨가 저수지 수면 위로 물드는 노을을 바라보며 말을 씹듯이 내뱉는 순간 마을 확성기가 삐이 소리를 냈다.

"에, 에, 주민 여러분, 이장입니다. 오늘 하루도 들일 하시느라 고단하셨지라우. 다름이 아니라 시방 알려드릴 것은, 다 알고 계시겄지만 팽나무집에서 저녁에 간단한 잔치를 하게 되어서……."

두 사람은 마을 쪽에서 확성기 소리가 들려오자 서로 한 번 쳐다보며 싱긋 웃은 뒤 가스총, 전자봉, 마취총, 올가미, 밧줄, 빵 등을 차에서 내렸다. 장 씨의 개 잡는 솜씨를 생각하면 다 필요 없는 장비들이다. 하지만 간혹 개백정 장 씨를 몰라보고 반항하는 간 큰 개들이 있기 때문에 개 잡는 장비들을 빠짐없이 준비해두어야 한다.

"특수 장비 이상 무!"

김 씨가 중절모에 손을 대고 장 씨에게 장난스레 거수경례를 붙였다.

"좋아! 작전 개시!"

장 씨 역시 우스꽝스러운 표정으로 김 씨의 보고를 받았다.

두 사람은 장비를 점검한 다음 곧바로 빵에다 약을 발랐다. 개가 빵에 입을 대기만 하면 곧바로 마취가 되는 약이었다. 적극적으로 반항하지는 않더라도 장 씨와 눈이 마주친 개가 겁에 질려 뒷걸음칠 때는 빵이 유용하다. 그런 개는 도망가면서도 빵을 보면 그냥 달아나지 않고 빵에 입을 대는 것이다.

"사실 말이제, 요딴 것들 다 필요 없잖소? 형님이 한 번 노려보기만 하면 다들 오줌 저리며 벌벌 떰시롱 주저앉을 것인디."

"그래도 만사불여튼튼이여."

"만사를 부러트리지 말고 어쩌고라? 하여튼 간에 형님 문자 속은 끝이 없구먼요. 아무튼 우리 일에 자부심 가질라면 문자 속도 깊어야 하는디 저는 그 방면으론 약해서 잘될란가 모르겄십니더."

"실없는 소리 하지 말게. 자네가 약한 것이 고것뿐인가? 아까 자네 오줌 누는 것 본께 오줌발도 영 시원찮던만……."

"형님은 언제 고런 것까지 놓치지 않고 다 들여다보았수? 하여간 아무나 개백정, 아니 국민건강영양공급업자가 되는 것은 아닌 모양이우."

희미한 가로등 불빛이지만 사람들의 움직임은 낮보다 오히려 더 잘 잡혔다. 마침내 사람들이 이 집 저 집에서 나와 팽나무 집으로 모여들기 시작하는 걸 어렵지 않게 확인할 수 있었다. 두 사람은 거사 시간을 맞아 차를 마을 가까운 곳에 바짝 대놓고 마을로 들어갔다. 낯선 그들이 골목에 들어서도 개 짖는 소리가 전혀 나지 않았다.

"형님, 조용합니다요."

"도둑맞을라믄 개도 짖지 않는 법이시."

"우리가 도둑질하는 건 아니라면서요? 그냥, 그 말을 거꾸로 뒤집어 생각해야 쓰겄소. 오늘 멍멍이 낚시도 성공이다, 이 말이지라우?"

"언제는 성공 안 한 적 있나."

두 사람은 장비를 들고 조용하기 그지없는 마을 골목을 누비기 시작했다. 제일 먼저 노란 털이 복슬복슬한 누렁이를 마주쳤다. 장 씨가 누렁이에게 다가갔다. 장 씨가 눈에서 불을 뿜듯이 노려보자 누렁이는 그 자리에 바로 얼어붙었다.

"요놈 보게. 엉덩짝 한번 제대로 실하구먼, 히, 여러 근 나오겄어."

장 씨 말이 끝나자마자 김 씨는 개 입을 테이프로 봉하고 네 다리를 노끈으로 묶어 개를 떠메고 가 차에 실었다.

다음으론 검정색 바탕에 흰 얼룩이 점점이 박힌 잡종을 만났다.

"잡종 똥개구먼. 색깔은 이래도 맛으로는 똥개가 최고지!"

장 씨 말이 끝나기도 전에 개는 제자리에 푹 고꾸라졌다. 역시 뒤처리는 김 씨가 재빨리 했다. 순식간에 골목에 나와 어슬렁거리던 개들이 영문도 모른 채 모두 입에 테이프가 감기고 네 다리가 노끈에 묶인 채 차에 실렸다.

전설대로 장 씨와 마주친 개들은 거짓말처럼 짖지도 않고 도망도 치지 못했다. 선 자리에서 벌벌 떨며 오줌을 질질 지리며 옴짝달싹을 못했다. 이래서 개도 개백정은 알아본다는 말이 나왔는지 모른다.

"허! 요것들 보게."

장 씨가 나지막하게 혀를 찼다. 흘레붙고 있는 개 한 쌍이었다. 장 씨가 두 눈을 부릅뜨고 노려보자 개 두 마리가 일 치르던 걸 마무리하지도 못하고 그 자리에 풀썩 주저앉았다. 김 씨는 한꺼번에 개 두 마리를 어깨에 걸쳐 멨다. 묵직했다.

"아이구, 쌀가마니 무게구먼요!"

그렇게 개 스무여 마리를 순식간에 잡아 차에 가득 실은 뒤 두 사람은 마을을 잽싸게 빠져나왔다.

"형님, 대단혀요. 형님 얼굴만 봐도 개들이 지레 오줌을 싸갈기니……. 개들도 개백정을 바로 알아봐불더만요. 전설이 될 만합니다. 존경시럽습니다요, 형님. 나도 으짜든지 형님 같은 개낚시꾼이 되아야 쓸 것인디……."

장 씨는 아무런 대꾸를 하지 않았다. 머릿속에서 자꾸만 흘레붙던 개 한 쌍이 떠올라서였다. 흘레붙는 개까지 낚아채기는 이 사업에 뛰어든 뒤 처음 있는 일이었다. 기왕 흘레붙었으니 그놈들은 그냥 둘 걸 하는 생각이 일었다. 그래야 나중에 강아지 몇 마리가 더 생기지 않겠는가. 하지만 감상은 금물. 당장 손안에 들어온 두 마리가 나중의 열 마리보다 낫다! 손 안의 새 한 마리가 수풀 속의 새 열 마리보다 낫다고 하지 않던가.

개잡이 작전이 끝나자 두 사람은 곧바로 차를 달려 한밤중에 서울에 도착한 뒤 개들을 중간 공급업자에게 넘겼다. 그런 다음 개장국을 잘하는 단골집에 들렀다. 두 사람은 견공의 수육을 안주 삼아 살인적인 더위에도 아랑곳없이 작전 성공을 위해 고생한 자신들의 몸뚱이에 소주를 들이부었다. 새벽이 될 때까지 술과 더불어 영양 공급까지 충분히 한 뒤 두 사람은 헤어졌다.

장 씨가 알딸딸하고 넉넉한 기분으로 집 가까운 골목 어귀에 막 들어선 때였다. 어슴푸레한 새벽 가로등 불빛에 큼지막한 그림자가 눈앞에서 어른거렸다. 순간 장 씨의 직업 정신이 본능적으로 발휘되었다.

'뭣이다냐? 개들이 전봇대 밑에서 흘레붙는다냐?'

개 눈엔 뭣 밖에 안 보인다는데 개백정 눈엔 개밖에 안 보이는 모양이었다. 직업 정신에 붙들린 장 씨는 그냥 지나치지 못하고 현장을 확인하고자 다가갔다.

'나를 보믄 저것들이 얼어서 도망도 치지 못할 테니 그냥…….'

순간 장 씨의 머릿속은 복잡해졌다. 이미 작전 끝내고 귀가하는 길이지만 먹잇감이 눈앞에 알아서 굴러 와 있으니 이를 어쩌나? 근디 두 마리면 떠메고 가기가 좀 무겁겠는데……. 장 씨는 이런저런 생각을 하며 다가갔다.

가까이 다가가서 보니 그림자의 정체는 흘레붙는 개들이 아니었다. 남녀 한 쌍이 서로 끌어안고 있는 모습이었다. 장 씨는 못 볼 것을 본 것처럼 이마를 찡그렸다.

'요새 젊은 것들은 개하고 하나도 다를 것이 없단 말이야. 누가 보든 말든 아무 데서나 저 모양이야……. 저것들을 확…….'

장 씨는 혀를 끌끌 찼다. 지난밤에 흘레붙던 개 한 쌍의 모습이 다시 떠올랐다. 짐짓 헛기침을 하여 분위기를 깨버릴까 싶었다. 그러나 이내 곧 고개를 좌우로 저었다. 개와 달리 사람은 자신을 하나도 무서워하지 않을 것이었다.

'요것들이 시방 개만도 못하네. 개들은 내가 가믄 열이면 열 모두 꼬랑지 내리고 그 자리에서 바로 무릎 꿇는디 요것들은 꿈쩍을 안 허네. 하긴, 내가 개백정이제 사람 백정이냐. 사람들이 나를 무서워할 까닭이 어디 있겄냐. 눈 딱 감고 그냥 지나가자.'

그래도 직업은 속일 수 없어 장 씨는 그들 곁을 지나갈 때 눈알을 부라리고 바라보았다. 그러나 장 씨가 아무리 눈알을 부릅뜨고 노려보며 지나가도 한 덩이로 엉킨 남녀는 꿈쩍도 하지 않았다. 아마도 그들은 장 씨를 재수 없는 취객이라고 여기는지 몰랐다. 그렇다면 그들이 침이나 뱉지 않으면 다행이었다.

남녀 곁을 재빠르게 지나던 장 씨는 순간적으로 술이 확 깨면서 그 자리에 얼어붙은 듯이 서고 말았다.

"엥?"

올 초에 고등학교를 졸업한 딸내미가, 이번 국민건강영양공급 사업 출장 일로 집을 나설 때 재수학원 방학특강 수업비를 달라며 떼를 쓰던 딸내미가, 거기, 그렇게 사내 한 놈과 부둥켜

안고 한 덩어리 되어 서 있는 것이었다.

'저년이 하라는 공부는 안 하고……. 아비는 남의 집 개까지 몰래 훔쳐다 팔아서 지년 학비 대는디, 이것이 시방 뭔 꼴이다냐…….'

장 씨는 난감했다. 흘레붙던 개를 만났을 때처럼 눈을 부릅뜬 채 노려보며 낚아챌 수도 없고, 그렇다고 애써 모른 체할 수도 없어 계속 엉거주춤 서 있을 수밖에 없었다. 저들도 개들처럼 미리 알고 꼬리를 숙여버리면 좋겠지만 정작 당사자들은 그럴 생각도 없는 것 같았다.

그나마 다행인 것은 아비가 가까이 있는 걸 아는지 모르는지 딸년이 끝내 고개를 아비 쪽으로 돌리지 않는 거였다.

"어휴!"

장 씨는 길게 한숨을 내쉬었다.

개백정 출신의 국민건강영양공급업자인 장 씨도 끝내 딸년은 낚지 못하고 말았다.

해설

아픈 10대와 소통하는 문학의 힘

고영직(문학평론가)

1. 청소년 소설에 감동을 허(許)하라

우리 시대의 아픈 10대를 위해서는 문학 · 예술의 감동이 절대적으로 필요하다. 문학 · 예술 작품과 감동적인 만남을 경험한 10대 아이들이 자신의 인생길을 단수(單數)에서 복수(複數)로 변형시킬 수 있는 마음의 동력을 얻을 수 있다는 점에서 그렇다. 그런 강렬한 독서 경험을 한 아이들은 자신이 처한 현재의 삶에 대한 태도는 물론이요, 미래의 꿈을 향한 '성찰의 연금술'을 스스로 터득하며 몸과 마음 또한 성장하게 된다. 어느 위대한 선각자가 "이 세상 최고의 일은 벽에다 문을 내는 것"(비노바

바베)이라고 한 말 또한 그러한 '성찰을 통한 영혼의 성장'의 중요성을 강조한 표현으로 간주해도 좋을 것이다.

그러나 우리 시대 청소년 소설의 현실은 어떠한가, 오늘날 청소년 소설의 경우 자극적인 소재를 다룬 작품들은 많지만, 아이들은 물론 어른 독자들까지 묵직한 문학적 감동의 여운을 느낄 수 있는 '작품'은 매우 부족하다는 점에 대체로 동의하지 않을까 싶다. 우리 청소년 소설에는 『어린왕자』, 『모모』처럼 강력한 시간의 이빨을 견뎌내면서, 자라나는 미래 세대의 독자들에게 지속적으로 읽히고 또 읽히는 작품들이 너무나 부족한 것이 아닐까. 고전 반열에 오른 청소년 소설 작품이 전무하다고 강짜를 부리려는 것이 아니다. 요즘 유행하는 청소년 소설 작품 가운데 과연 몇몇 작품이 시간의 풍화작용을 견뎌낼 수 있을까 하는 점을 말하고자 하는 것이다. 청소년 소설의 현재와 미래를 생각할 때, 다른 무엇보다 청소년 소설이 '문학'이어야 한다는 점을 잊어서는 안 되는 이유가 여기 있다. 그렇다, 청소년 소설은 문학이어야 한다!

청소년 소설의 문학성을 언급할 때, 작가 박상률의 문학적 성취를 빼놓을 수는 없을 것이다. 박상률은 『봄바람』(1997) 출간에서부터 최근작 『불량청춘 목록』(2012)과 『개님전』(2012)에 이르기까지 지난 십수 년간 청소년 소설 분야를 대표하는 작가로서 저마다 '고독'한 아이들의 성장 서사를 통해 '슬픔'의 사회적 차원을 넘어 아픈 아이들을 위한 서로—손잡기의 '보살핌'이 구현되는 사회를 문학적으로 구현하고자 했다. 그런 이유 때문일까. 박상률은 언제나 자신의 작품에 등장하는 아이들의 편이 되어주고 있다. 5 · 18광주민주화운동 문제를 다룬 『나를 위한 연구』(2006)와 '불량청춘' 공고생의 일탈과 성장을 다룬 『불량청춘 목록』 같은 작품이 그러하다.

그런데 '청소년의 존재'를 이해하고 옹호하려는 박상률의 문학적 특징은 오히려 반(反)성장의 서사를 연상시키는 작품에서 더 확실히 느낄 수 있는 것 같다. 청소년 자살(「이제 됐어?」, 「눈을 감는다」), 동성애(「너는 깊다」), 경제 위기의 청소년(「가장의 자격」)을 비롯해 우리 시대 청소년들이 처한 문제를 다루는 이번 작품집 『세상에 단 한 권뿐인 시집』은 생생한 실체이다. 박상률은 이번 작품집에서 본래 똑바로 자라려는, 저마다의 강한 본성을 갖고 있는 아이들이 왜 절박한 생존의 문제에 내몰리는지를 드러내고자 한다. 무엇보다 스스로 죽음 앞의 인간이 되어버린 아이들의 한없이 어두운 심리를 묘사하는 박상률의 붓질에서 격렬한 통증이 느껴진다.

2. 죽음 앞의 아이들

여섯 편의 작품 가운데 청소년 자살 문제를 다루고 있는 「이제 됐어?」, 「눈을 감는다」는 가장 주목을 요하는 작품들이다. 이 작품들은 청소년 자살 문제를 다루었다는 소재 차원이 아니라 스스로 자살을 선택하려는 청소년들의 어두운 '내면'을 탁월하게 다루었기 때문에 주목할 만하다. 자살의 결과가 아니라 자살에 이를 수밖에 없는 '과정' 자체가 펼진한 내면 묘사를 통해 드러나고 있기 때문이다. '청소년이 아프니 나 또한 아프다'는 절박한 문제의식과 함께 삶과 죽음의 경계에 서 있는 아이들의 죽음을 방치하는 병든 사회와 소통하고자 하는 작가적 가슴이 없고서는 이렇게 탁월한 내면 묘사는 불가능했을 것이다. 그렇듯 박상률은 아이들의 심리묘사를 통해 성장을 가로막는 교육 불가능의 사회 문제를 성찰하고자 한다. 그래서 이들 작품은 아이들 독자뿐만 아니라 '병든 어른들'이 꼭 읽어야 하는 작품이다. 우리는 이 작품들을 통해 여고생 '정은'이 왜 20층 아파트 창틀에 서 있는지(「이제 됐어?」), 그리고 고등학생 '나'가 왜 새벽 3시 한강 다리 철제 난간 위에 누워 있는지를(「눈을 감는다」) 아프게 확인할 수 있으리라고 믿어 의심치 않는다.

「이제 됐어?」의 여고생 '정은'이 죽음을 선택하려는 이유는

완전한 사육(飼育)의 자녀교육을 바라는, 이른바 '매니저 엄마'의 극성에서 비롯한다. 우리 사회에서 매니저 엄마는 2000년 4월 헌법재판소가 1980년대 과외금지조치에 대해 위헌 판결을 내린 이후 급성장한 사교육 시장과 함께 탄생했다. IMF 사태 직후 우리 사회를 엄습한 낙오의 공포 속에서 속성 배양된 매니저 엄마들은 오직 자신이 소유한 자본과 지식만이 자신과 가족의 복지를 향상시킨다는 확고한 시장사회(market society)의 신념을 철저히 내면화한 교육 소비의 주체인 동시에 자녀교육의 관리자라는 이중의 성격을 갖는다. 시장의 이미지에 따라 사회관계가 형성되는 시장사회의 가치가 대세를 이룬 사회는 필연적으로 신자유주의적 소유자사회의 에토스를 내면화하도록 재촉한다. 「이제 됐어?」의 엄마가 외고에 다니는 딸 정은에게 명문대 입학을 통해, 소위 학벌사회에 편입되기를 독촉하는 것은 그런 이유 때문이다.

그러나 청소년들은 무엇인가를 소유하는 것보다는 스스로 행동함으로써 자신의 목표를 찾고자 한다. 그리고 그런 열망과 의지를 누구나 갖고 있다. 그것이 옳을 뿐만 아니라 좋기 때문이다. 어린이와 청소년 시절의 삶을 지배하는 원리가 고독과 우정 그리고 사랑과 공동체의식이 있는 이른바 웰리빙(well-living)의 가치들과 무관할 수 없는 것도 그런 이유 때문이리라.

그래서 "나는 사춘기의 병든 아이다"(27쪽)라는 핏빛 절규를 세상에 토해놓는 정은의 내면묘사 앞에서 말문을 잃게 된다. 먹먹하다. 우리는 "저마다 빛나는 별들 사이에 선을 그어, 일종의 맥락을 만들어주어야"(27쪽) 하는 것 아니냐는 정은의 힐문에 대해 어떻게 답변을 해야 하는 것일까. 그래서 스스로 '별자리'가 되지 못한 아이들의 죽음을 '별똥별'로 비유한 작품의 결말이 소설의 끝이 되어서는 안 된다. 10대 아이들이 죽음으로 말하는 메시지에 무심한 우리는 어쩌면 괴물일지도 모른다.

"내가, 별똥별이, 된다"(28쪽)는 마지막 문장은 아픈 아이들을 위해 우리가 '지금 당장' 무엇인가를 해야 한다고 속삭이는 듯하다.

어쩌면 지금 아이들이 바라는 것은 달나라에 보내달라는 것이 아닐 것이다. 학교 폭력과 왕따 문제 그리고 청소년 자살 문제를 다룬 박상률의 문제작 「눈을 감는다」에서 지금 아이들이 무엇을 바라는지를 직접 확인할 수 있으리라. 그것은 자신의 존재를 있는 그대로 인정받는 것, 그리고 누군가와 신뢰의 사슬 관계를 맺고 싶다는 강렬한 결속의 열망이다. 무엇보다 자신의 존재 자체를 온몸으로 들어줄 줄 아는 한 사람의 '어른'을 고대하고 있다고 보아야 할 것이다. 그러나 「눈을 감는다」의 청소년 화자인 '나'는 철저히 고립무원의 상태에 있다. 박상률은 일상적 학교폭력을 감내해야 하는 왕따인 '나'의 학교생활에 대한 외부 묘사는 물론이요, 대물림되는 가난의 위기에 처한 작중 화자의 불안한 심리 상태를 긴박하고 절박한 언어로 생생히 복원해내고 있다. 동시에 작중 화자의 내부와 외부 상황을 묘사하는 박상률의 문장 어디에도 희망에 대한 기약 따위는 전혀 찾아볼 수 없다.

이 점이야말로 박상률표 청소년 소설이 가진 새로운 시선의 확장이라고 말할 수 있다. 그것은 문제적 상황과 문제적 개인의 문제가 어른들보다 더 이해심 많은 화자의 발언으로 모두 해소되는 식의 상투적인 결말을 애초부터 이 작품에서 의도하지 않았다는 점에서 그렇다. 물론 이것은 '반(反)성장까지도 성장의 의도를 벗어난 것은 아니다'라는 소설 미학에 대한 확고한 믿음에서 비롯한다는 점은 말할 나위 없다. 우리 청소년 소설은 너무나 자주 '가짜 희망' 만들기에 대한 어떤 강박증으로부터 자유롭지 못한 것이 아닐까. 병든 세상의 문제는 어쩌면 위선의 문체 대신에 청소년이 처한 현실의 리얼리티(reality)를 외면하지 않으려는 냉정한 문체를 통해서 그 실상과 대책이 드러날 수 있지 않을까 하는 생각을 하게 된다. 이 작품을 보는 내내 최금진의 시 「산꿩이 우는 저녁」에 등장하는 "근본도 없는 놈"을 연상했던 것도 그런 이유 때문이다.

나는 나를 설득하고 싶지 않다. 내겐 눈부신 태양이 없다. 밝은 미래가 없다. 내 운명은 이미 결정나버렸다. 그렇다고 그럴싸한 미사여구를 동원해서라도 삶의 중요성을 강조해주는 이도 없다. 어차피 나는 출신 성분부터 '찌끄러기' 과이다. 어느 누가 이런 나를 무슨 애정이 있어 설득할 것인가. 나부터도 나를 설득하고 싶지 않은데 말이다. 어쩌면 나는 내가 더 망가지고 짓밟히는 게 싫은지도 모른다. 그래서 이쯤에서라도 정말로 나를 보호하고 싶었는지도 모른다. 그래서 사실은 나를 진정으로 보호하여 더 망가지지 않도록 하기 위해 이 한강 다리까지 온 것이다. 나를 보호할 수 있는 유일한 방법은 내 의지로 할 수 있는 것을 하는 것뿐이다. 지금 내 의지로 할 수 있는 것은? 여기까지 이렇게 내 발로 올라와 있는 것이다.

-「눈을 감는다」, 97쪽

위의 작중 화자는 자신과 세상의 변화 가능성에 대한 일말의 희망 따위를 드러내지 않는다. 가족도 학교도 더이상 나의 '어둠 탈출'을 막을 수 없으며, 오히려 그 때문에 어둠 탈출을 재촉받고 있는 상황이다. 최두석 시인은 "끄적거려둔 낙서가 문득/유서가 된다"고 했지만, 작중 화자는 그런 유서조차 거부한 채 이른바 자기 훼손 전략을 극단적으로 추구하고자 한다. 자발적 배제를 하는 셈이랄까. 이토록 철저히 암담한 상황에 처한 청소년 화자의 존재를 본 적이 없다. 시장사회가 되어버린 우리 사회의 병통이 그만큼 깊고도 넓다는 것을 반증한다고 말할 수 있으리라. 이 문제와 관련해 경향신문 특별취재팀이 쓴 『10대가 아프다』(2012)에는 "10대 아이들과 사회가 철저히 분리되어 있었다"는 데에서 그 원인을 찾고 있다. 그렇다, 아픈 아이들을 위해서는 우리 사회의 어른들이 울타리 구실을 제대로 해야 하는 것이다. 그런 점에서 「눈을 감는다」라는 작품은 청소년 독자도 읽어야겠지만, 누구보다 우리 사회 어른들을 위한 소설 텍스트가 되어야 마땅하다.

이밖에도 이 작품은 대물림되는 가난과 상황에 따라 가난에 처한 아이들의 소외와 성장의 문제를 환기하는, 청소년 소설의 문학적 효과에 대해 어떤 시선의 전환을 제공했다고 할 수 있다. 30년 동안 빈곤층 아이들의 교육에 헌신해온 미국 교육자 루비 페인은 『계층이동의 사다리』(2011)에서 "계층 간에 가장 큰 차이는 '세계'를 정의하는 방식"이라고 말한다. 각자의 계층에 따라 소속 집단 내에 적용되는 암묵적 신호와 관습을 의미하는, 이른바 불문율이 모두 다르다는 것이다. 오늘날 가난을 정의하는 말이 바로 '소외'라는 점을 고려할 때, 우리 청소년 소설이 감동을 통해 자기 안의 어떤 고착화된 마음의 불문율을 바꿀 수 있는 변화의 가능성을 제공받을 수만 있다면 그것은 퍽 의미 있는 문학적 진화일 것이다. 그뿐만 아니라 아픈 10대를 위한 공진화(共進化) 프로젝트에도 적잖은 보탬이 될 수 있으리라고 믿는다.

3. 청소년은 청소년이다

박상률은 『청소년문학의 자리』(2011)에서 청소년이란 존재는 '청소년은 청소년이다'라는 동일률에 의해서만 정의할 수 있다고 말한다. 어른도 아니고 어린아이도 아닌 그저 '청소년'이라는 정체성을 갖고 있는 존재라는 것이다. 그래서 박상률은 청소년문학은 '경계의 문학'이라는 점을 역설한다. 이 경계의 존재로서의 청소년은 이번 작품집에 수록된 작품 가운데 「가장의 자격」, 「너는 깊다」, 「국민건강영양보급업자가 낚지 못한 것」 같은 작품들에서 만날 수 있다. 가족의 생계 때문에 고민하는 알바 공고생(「가장의 자격」), 자신의 성 정체성에 대해 혼란을 겪고 있는 여고생(「너는 깊다」), 부모 몰래 이성 친구를 사귀는 여고생(「국민건강영양보급업자가 낚지 못한 것」)이 그 면면들이다. 딸의 애정 행각이 외삽된 방식으로 처리된 「국민건강영양보급업자가 낚지 못한 것」을 따로 논의한다고 치면, 「가장의 자격」과 「너는 깊다」에서 경계에 서 있는 청소년의 모습과 조우할 수 있다.

「가장의 자격」의 '강규성'은 가족의 생계 때문에 학교를 계속 다녀야 할지를 고민하는 공고생이다. 실업계 고교생의 삶과 꿈을 다룬 전작 『불량청춘 목록』을 기억하는 독자들이라면 이 작품에 등장하는 규성이를 비롯해 기동이, 학준이, 주영이 같은 아이들의 모습이 낯이 익을지 모르겠다. 이 작품 속 규성이는 『불량청춘 목록』에 나오는 현우의 모습과 퍽 닮아 있지만, 그가 처한 상황은 결코 낙관적이지 않다. '대한민국 공고생'의 현재의 처지와 미래의 불안을 다룬 이승현의 소설 『안녕, 마징가』(2011)와 공고 학생들이 쓴 시를 묶은 『내일도 담임은 울 삘이다』(2011)에서 확인할 수 있듯이, 공고생 아이들에게는 실패할 권리조차 부여되지 않았기 때문이다. 그래서 작품 속 규성이는 이 시대야말로 "조선시대보다 더 답답한 세상"(70쪽)이라고 장탄식을 한다. 그러나 규성이의 이 장탄식이 작품 속에서 마냥 어둡지만은 않다. 그것은 알바 현장에서 '강부장'으로 대우받는가 하면, 스스로 가장의 자격을 의식해 책임감을 느끼고 있기 때문이다. 이와 관련해 어느 공고생이 쓴 다음 시는 이 작품 속 규성이의 정체성을 이해하는 좋은 실마리가 될 것이다. 「가장의 자격」의 규성이는 자신의 현재 삶에 대해서뿐만 아니라 자신의 처지를 이해하는 '어른'과의 소통 속에서 자신의 다른 삶과 소박한 꿈을 만들어가고 있는 중이라고 말해야 할지도 모른다.

나는 네네치킨에서 일한다
나는 배달부장 이 부장이다
나는 이 동네 배달업체를 주름잡는 사람이다
(중략)

깔끔한 포장과 큰 닭의 맛이 일품인
나의 사랑 네네치킨
오늘도 고객들을 위해 지도를 보고 액셀을 땡긴다

-이훈, 「네네치킨」 부분, 『내일도 담임은 울 삘이다』

이 점은 자신의 성 정체성에 대해 극심한 혼란을 겪고 있는 여고생을 다룬 「너는 깊다」의 경우에도 해당된다. 어느 소도시의 고3 여고생인 '나'는 스스로를 교실 안에서 "나는 이방인이다"라고 생각하는 청소년이다. 한 반 아이들과의 관계는 철저히 단절되어 있고, 학습에 대한 아무런 동기도 없으며, 자신의 진로에 대한 기대 또한 낮은 데다 학교 활동에 대해서도 비참여적이다. 한마디로 말해 아무런 소속감 · 존재감이 없는 이 아이는 지금 깊은 심리적 좌절감에 빠져 있는 것이다. 그런 작중 화자의 유일한 '퇴로'는 원어민 영어 교사를 숨소리까지 그림에 그려 넣는 것이다. 그런 점에서 작중 화자가 원어민 영어 교사와 소통의 대화를 나누고 심지어 키스를 하는 장면에서 동성애를 연상하는 것은 표면적 사실에 불과할지 모른다. 지금 이 아이는 누구보다 자신에 대해서는 물론 세상과 소통하려는 강렬한 열망과 의지를 갖고 있기 때문이다. 어쩌면 자신을 인정하고 지지할 수 있는 한 사람의 '어른'이 필요했던 것이리라. 그런 어른은 말은 줄이고 귀를 키우는 존재일 것이다. 다음의 아름다운 내면 묘사에서 그런 한 사람의 어른과 접속을 갈망하는 작중화자의 절박하고도 순수한 이면의 모습을 보았다.

> 그녀 안에서 나는 돌아가신 아빠를 느꼈고, 나를 믿는 엄마를 느꼈고, 말 한마디로 할 말을 다한 중학교 때 반장 아이를 느꼈다. 그리고 마침내 나를 느꼈다. 내가 누구인지조차 미처 모르던 나. 이제야 비로소 나를 느낀 것이다. 그녀 안에서 나는 깊어진 것이다.
>
> -「너는 깊다」, 124쪽

이 아름다운 묘사에서 우리 삶이 가장 필요로 하는 것이란 'T.L.C'에 있다고 한 에른스트 슈마허의 견해가 떠오른다. 'T.L.C'란 다정, 사랑, 보살핌을 의미하는 'Tender Loving Care'

의 약자이다. 그런 사랑의 관계 속에 있는 아이는 더 이상 외롭지 않을 것이며, 저마다 아름다운 존재로서 스스로 몸과 마음 또한 성장하게 될 것이다.

그러나 어른들은 아이들의 처지를 몰라도 너무 모른다. 이번 작품집에 수록된 「국민건강영양보급업자가 낚지 못한 것」은 그런 어른들이 사는 사회를 향한 일종의 통렬한 세태 풍자가 아닐 수 없다. 남의 집 개든 뭐든 간에 돈이 된다면 물욕(物慾)을 가리지 않는 '먹고사니즘'의 이데올로기는 "개만도 못한 사람"(박상률 시 「개안부」)이 넘쳐나는 타락한 세상을 만든 주범이라고 해야 할 것이다. 최근작 『개님전』(2012)에 이어 개[犬]를 소재로 한 「국민건강영양보급업자가 낚지 못한 것」이 갖는 의미는 그런 물욕을 극단적으로 추구한 결과 부모—자식 간에는 물론이요, 우리 사회 전반적으로 회복할 수 없을 정도로 도덕적 · 시민적 재화의 가치를 잃고 있는 현실을 작가가 보여주고 있다는 점이다.

'멍멍 낚시꾼' 아버지의 침묵은 그래서 희극적이다 못해 비극적이다. 어른이 정도(正道)를 걷지 못하는 사회에서 아이들이 자신의 길을 제대로 걷기를 바라는 것은 너무나 몰염치하다. 우리는 지금 염치(decorum) 없는 사회에 살고 있는 것이다.

4. 그러나, 나 자신의 노래를!

우리는 누구나 삶의 의미에 대한 근원적인 욕망과 충족을 갈구한다. 어쩌면 그 핵심은 자신이 속한 공동체에서 삶을 가꾸는 능력이라고 할 수 있다. 우리 시대의 아픈 10대들이 자신과 세상을 위해 스스로의 삶을 가꾸는 삶의 기술을 각자 '나부터' 내 안에 살리고 사회 전체로 확장할 수 있는 문화적 실천 과정이 필요하다. 이 점에서 오늘의 청소년 소설은 어른과 아이 세대의 단절된 경험을 이어주는 대화와 소통을 위한 미디어로서의 자기 역할을 해야 한다. 청소년 소설 작가들은 그런 대화와 소통을 통해서 후속 세대들에게 자기 세대의 경험과 이야기를 전수해야 하는 책무가 있는 것이다. 바로 이런 이유 때문에 「세상에 단 한 권뿐인 시집」이 갖는 의미는 아무리 강조해도 지나치지 않을 것이다.

이 작품은 청소년 시절의 경험에 관한 이야기라고 할 수 있다. 소설가로 활동하는 작중 화자인 '나'는 어느 날 청소년 시절에 짝사랑했던 '현아'로부터 연락을 받는다. 스무 해 동안 갇혀 있던 말들을 돌려준다는 명목으로 현아가 연락한 것이다. 그리고 친구들의 눈을 피해 남몰래 시를 썼던 나의 학창시절이 떠오른다. 같은 반 친구가 하숙하는 집의 주인 딸, 현아를 짝사랑

한 나머지 자신이 쓴 시를 시집으로 묶어 전달했으나, 우여곡절 끝에 스무 해 만에 돌려받게 되는 상황이라니! 이런 경우에 우리는 '그것이 인생이다'(c'est la vie)라고 말하는 것이리라.

결국 박상률은 자전적 요소가 가미되어 있는 아름다운 이야기 「세상에 단 한 권뿐인 시집」을 통해 오늘날 청소년들과 문학적 소통의 감동을 나누고자 했다고 볼 수 있다. 그리고 어른이든 아이든 상관없이 끝없이 영혼의 성장을 해야 한다고 전하는 것으로 보아야 하리라. 성인이 된 화자가 자신의 현재 모습에 대해 환멸을 느끼며 "나는 내 스스로를 거부하기 시작했다"(46쪽)고 술회하는 대목은 바로 그 증좌이다. 이 점에서 박상률은 작중의 여고생 현아가 "사람들 마른 가슴을 촉촉하게 적셔줄 수 있는 시를 써봐!"(36쪽)라고 한 말처럼, 자신의 작품 또한 그런 작품이 되기를 의식적이든 무의식적이든 간에 드러내는 글쓰기의 역사를 노정했다고 말할 수 있을 것이다. 이런 관점에서 박상률이 그동안 써온 주요 작품들, 이를테면 『봄바람』과 『불량청춘 목록』, 『개님전』 같은 작품들을 읽는다면, 왜 그의 청소년 소설이 소재주의에 빠지지 않으면서도 묵직한 문학적 감동을 표현하는 데 주력하는지를 생생히 느낄 수 있으리라고 생각한다. 아마도 그런 것이 작가된 자의 어찌할 수 없는 운명이라고 해야 하지 않을까.

휴가가 끝난 뒤에도 나는 직장에 다시 나갈 생각조차 하지 않고 글에만 매달렸다. 처음에는 넋두리도 있고 푸념도 있었지만 차츰 내 글의 방향과 형식이 잡혀갔다. 인생이니 우주니 하는 거창한 것도 아니었고 뜻도 모를 추상적인 것도 아니었다. 그저 나 자신이 살아온 얘기이자 내 이웃들의 얘기였다. 결국 글을 쓰다 보니 세상을 건지느니 인생을 풍요롭게 하느니 하는 것보다는 뭐니 뭐니 해도 내 스스로를 위해 글을 쓴다는 생각이 들었다. 남의 얘기를 쓰는 것 같은데도 끝내 그 글을 통해 위로를 받는 이는 나 자신이었으니까.

-「세상에 단 한 권뿐인 시집」, 49-50쪽

박상률이 말하는 '나를 위한 글쓰기'가 글쓰기 자체만을 의미하는 것은 아니다. 그것은 작가인 자신 또한 지금도 여전히 글쓰기를 통해 영혼의 성장을 하고 있다는 말이며, 우리 시대의 아픈 10대들이 수준 높은 문학작품을 만나고 소통함으로써 자신과 세상을 향해 자발성과 상상력 그리고 지력(知力)을 길러야 함을 역설하는 것으로 읽어야 마땅하리라. 그런 사유와 상상이 결합된 감동적인 독서의 경험 속에서 우리 시대의 아픈 10대들이 다른 삶을 생각하고 다른 세상을 꿈꿀 수 있는 길을 모색하기를 바라 마지않는다. 그것이야말로 '나 자신의 노래'(월트 휘트먼)를 찾아 부르는 행위가 되지 않을까 싶다. 박상률의 문학에는 그런 힘이 있다. 청소년은 물론 어른 독자들의 성찰과 이해의 독서 행위를 기대하는 것도 그런 이유 때문이다.

세상에
단 한 권뿐인
시집

창작 노트

늦가을에는 한겨울처럼 수은주가 내려가고, 한겨울에는 가을 날씨처럼 선선하고……. 요즘 날씨는 좀체 종잡을 수가 없습니다. 하늘을 가린 먼지는 또 어떻고요? 예전엔 황사 먼지가 봄에만 잠깐 하늘을 뿌옇게 덮었는데, 요즘은 미세 먼지가 봄, 여름, 가을, 겨울 가리지 않고 앞산 뒷산은 물론 건물의 윤곽까지 지워버립니다.

청소년 시기도 종잡을 수 없는 날씨처럼 변덕이 심합니다. 청소년인 당사자들도 혼란스럽고, 옆에서 지켜보는 어른들도 곤혹스럽기는 마찬가지입니다. 철을 모르는 날씨 같은 청소년. 미세 먼지가 가려 윤곽을 알 수 없는 산이나 건물처럼 뿌연 청소년.

이 작품집에 실린 소설은 쉬이 알 수 없는 청소년과, 그런 청소년을 둘러싼 현실의 상황을 그리고 있습니다. 물론 여기서 그린 게 청소년의 본질 전부는 아닙니다. 청소년은 뭐라고 규정하기가 쉽지 않기 때문입니다.

어른도 청소년기를 거치지만, 어른이 되고 나면 청소년을 이해하기가 쉽지 않습니다. 당장 청소년기를 살고 있는 본인들도 자신을 이해하기 어렵고요……. 그러나 세상은 어른만으로 구성되어 있는 것도 아니고, 청소년만으로 이루어져 있지도 않습니다. 어른과 청소년이 같이 살고 있는 세상. 그게 현실입니다. 청소년이 철모르는 날씨 같은 존재이든, 뿌연 먼지 속에 윤곽을 감춘 산이나 건물 같은 존재이든 결국은 어른이 됩니다. 그러나 청소년은 어른과는 전혀 다른 별개의 존재입니다.

이 작품집에 묶은 소설의 인물들은 때로 흔들리기도 하고, 더러는 현실 생활에 억눌려 찌들어 있기도 하지만 언젠가는 그 시절을 되새길 것입니다. 그러나 그 시절을 막무가내로 좋다고 말하거나, 무턱대고 무시하지도 않을 것입니다.

어른인 나는 열아홉 살이라고 말하기를 좋아합니다. 열아홉 살은 이제 막 청소년 시기를 벗어났을까 말까한 나이입니다. 청소년 시기를 벗어났지만 그런 청소년 시기에 가장 가까이 있고 싶은 어른이 바로 나이지요. 그래서 여기 소설 속 인물들에게도 강요하지 않았습니다. 울고 싶으면 울고, 죽고 싶으면 죽고, 가장 역할을 해야 하면 하고……, 무책임하다고요? 그런 말 들어도 할 수 없습니다. 작가인 내가 마음대로 이야기를 지어낸 게 아니라, 나는 단지 작중 인물들의 말과 몸짓을 받아 적기만 했으니까요!

대여섯 해 전에 세상에 나온 이 소설집은 그동안 청소년은 물론, 청소년이 아직 몸속에 있는 어른들도 많이 사랑해주었습니다. 그 사랑에 보답하기 위해 새로 수선을 하고 새 집으로 옮겨 다시 펴냅니다. 새로 곱게 꾸며준 출판사 '특별한서재'의 모든 식구들에게 고마움을 전합니다.

2019년 새해를 맞으며

無山書齊에서 박상률

세상에 단 한 권뿐인 시집

초판 1쇄 발행일 | 2019년 1월 10일
초판 3쇄 발행일 | 2022년 6월 10일

지은이 | 박상률
펴낸이 | 사태희
편집인 | 배우리
디자인 | 엄세희
마케팅 | 박선정
제작인 | 이승욱, 이대성

펴낸곳 | (주)특별한서재
출판등록 | 제2018-000085호
주 소 | 서울시 마포구 양화로 59 화승리버스텔 703호
전 화 | 02-3273-7878
팩 스 | 0505-832-0042
e-mail | specialbooks@naver.com
ISBN | 979-11-88912-34-6 (43810)